지친 목요일,
속마음을 꺼내 읽다

지친 목요일, 속마음을 꺼내 읽다

이유정 지음

책쟁이가 풀어놓는
소소한 일상 독서기

팜파스

Prologue

　일을 하는 사람들이 심리적으로 가장 우울한 때는 일요일 저녁 개콘이 끝날 즈음이 아닐까 싶다. TV를 보며 실컷 웃다 문득 '아, 일요일이 끝났구나. 내일은 또 출근해야 하는구나' 하는 생각이 떠오르면 동시에 우울증이 몰려온다.

　월요일 아침, 눈을 떴는데 밖이 컴컴하고 폭우라도 쏟아지고 있으면 울고 싶다. 직장은 매일 출근하는 곳인데, 어찌된 셈인지 월요일 아침에는 유독 자동차도 많고, 지하철이나 버스 안의 사람도 많다. 그런데다 비까지 질척거리면 큼큼한 냄새와 척척 감기는 바지 밑단과 신발 속으로 스며드는 물기가 삼단 콤보로 우리를 짜증나게 한다. 비 오는 수요일이나 금요일이라면 몰라도 비 오는 월요일은 밥벌이하러 길을 나서는 사람에겐 절대로 낭만적일 수 없는 날이다.

실은 이 책의 가제가 '비 오는 월요일 아침을 위로함'이었다. 일하는 사람들에게 가장 힘든 날이 언제일까 생각해보니 비 오는 월요일의 출근길이 떠올라서 붙인 제목이었다.

그런데 매일 글을 쓰러 도서관에 나가다 보니 어떤 패턴을 발견하게 되었다. 월요일엔 모두들 부지런을 떨며 일찍 나와 열심히 뭔가를 읽고 쓰고 공부한다. 그 팽팽한 긴장감과 열기는 날이 갈수록 조금씩 식어서 목요일이 되면 최저점을 찍는다. 사람 수도 줄어들고, 분위기도 축 처져 있다. 다들 지친 것이다.

도서관만이 아니다. 일을 하는 곳은 어디라도 그렇다. 목요일은 그런 날이다. 월요일의 결기는 어디론가 흩어지고, 계속되는 회의와 야근과 보고에 지쳐서 쉬고 싶어지는 때. 하지만 아직 주말은 오지 않았고, 누가 뭐래도 꾸역꾸역 자기 몫의 일을 해야 하는 때. 그렇기에 사고가 터졌다 하면 대형 사고가 터지고, 꾹꾹 눌러왔던 스트레스가 가장 극심해지는 때. 일을 하는 사람들은 누구라도 목요일쯤 되면 지친다.

지친 목요일, 데친 시금치처럼 시들시들해진 그때 이 책을 꺼내서 글 하나씩 읽으면 좋겠다. 지친 당신과 동떨어진 행복이 아니라 당신과 비슷한 사람을 이 글 속에서 발견하게 된다면 좋겠다.

모두 잠든 밤, 침대 위에서 여유를 가지고 읽는 책도 좋겠지만, 업무에 지친 목요일, 파티션 안에 숨어서 읽는 책도 필요한 법이다. 책 읽기와 인생이 따로 놀지 않는 사람들에게는 더욱 그렇다. 나는 모든 책의 갈피에서 사는 법을 발견했다. 이 책을 통해 그 경험을 나누고 싶다.

세 번째 책을 쓰면서야 뒤늦게 엄마 생각을 했다.
내 인생의 모든 것을 만들어주고 가신 엄마께 드린다.

2012년 봄날,
이유정

Contents

《1인용 식탁》, 윤고은 지음, 문학과지성사

《이별에도 예의가 필요하다》, 김선주 지음, 한겨레출판

《다시, 나이듦에 대하여》, 박혜란 지음, 웅진지식하우스

《다이어터》, 네온비 지음, 캐러멜 그림, 중앙북스

《침이 고인다》, 김애란 지음, 문학과지성사

《엘리베이터에 낀 그 남자는 어떻게 되었나》, 김영하 지음, 문학과지성사

《독사를 죽였어야 했는데》, 아샤르 케말 지음, 오은경 옮김, 문학과지성사

#1 삶
...

오늘도 행복할 권리

혼자 먹는 밥, 혼자 보는 영화

혼자 음식점에 온 사람에게 몇 분이냐고 묻는 주인은 둔하다. 그러나 그곳이 고깃집이라면 꼭 그렇게만 볼 수도 없다. 삼겹살 2인분, 공깃밥 하나, 소주 한 병. 특별히 괴상한 취향은 아니지만, 오후 7시에 혼자 온 여자의 주문 치고는 조금 생소할 수도 있다.

'1인용 식탁'이라는 제목에 끌려 사전 정보 없이 읽게 된 소설의 첫 문장이 호기심을 불러일으켰다. 고깃집에 혼자 온 여자라……. 무슨 사연일까 궁금해 읽어나가니 혼자 밥 먹는 법을 가르쳐주는 학원이 등장한다. 어느 날부터 이유도 모른 채 왕따를 당해 점심시간이면 외톨이가 되고 마는 여자는 이 학원에 등록하면서 점심도 해결하고 혼자 밥 먹는 법도 배운다. 어쩔 수 없이 혼자 해야 하는 것들 중에서도 가장 하기 싫은 혼자 밥 먹기를 가르쳐준다니, 나처럼 혼자 사는 사람들은 혹할 만한 학원이다.

윤고은의 단편집《1인용 식탁》에는 혼자 밥 먹는 법을 가르쳐주는 학원 말고도 현실에 있지 않을까 싶은 것들이 자주 등장한다. 〈아이슬란드〉에는 사람의 성향에 맞는 나라를 추천해주는 국가 적성검사 사이트가 나오고, 〈로드킬〉에는 컨베이어 벨트로만 움직이는 모텔이 등장한다. 〈타임캡슐1994〉에는 서울 정도 600주년 기념 캡슐이 14년 만에 부식되어 열렸다는 기사가 나와서 나는 소설을 읽다가 인터넷 뉴스 검색까지 해봤다. 실제로 캡슐이 열린 적이 있었나 해서다. 사실은 국가 적성검사 사이트도 검색해봤는데 모두 작가의 상상력에서 나온 이야기였다. 작가는 상상임에 틀림없는 이야기를 천연덕스럽게 풀어놓아 혹시 진짜 있는 이야기인가 의문을 품게 만들 정도로 현실과 상상의 경계를 스스럼없이 넘나든다.

혼자 밥 먹는 학원 역시 작가의 상상력으로 만들어낸 학원이지만, 혼자 밥 먹는 사람의 내공을 단계별로 나누어놓은 표만 봐도 꼭 어디엔가 존재하고 있을 것만 같이 그럴듯하다.

1단계 – 커피숍, 빵집, 패스트푸드점, 분식집, 동네 중국집, 푸드
    코트, 학원가 음식점들, 구내식당
2단계 – 이탈리안 레스토랑, 큰 중국집, 한정식집, 패밀리 레스
    토랑

3단계 ― 결혼식, 돌잔치

4단계 ― 고깃집, 횟집

5단계 ― 돌발 상황

　혼자 밥을 잘 먹는 편이라고 생각했지만 나는 겨우 1단계였다. 이탈리안 레스토랑이나 패밀리 레스토랑에 혼자 가본 적은 정녕코 없거니와 그런 곳에 혼자 가보고 싶다고 생각한 적도 없다. 언젠가 딱 한 번 혼자서 친구 아이의 돌잔치(3단계)에 간 적이 있는데, 진땀 뺐다. 아는 사람이라고는 그날 최고로 바쁜 아이의 엄마뿐인 그곳에서 다들 친한 무리들 옆에 혼자 앉아 아이의 재롱에 박수를 쳤고, 밥을 먹는 동안에는 쌀알이 올올이 곤두서서 넘어갔다. 얼른 이 시간이 끝나고 나가게 되기만을 바랐고, 그곳을 빠져나온 이후 다시는 그런 행사에 혼자 가지 않게 되었다. 이래서 사람들이 부조를 계좌로 부칠망정 혼자서 결혼식이나 돌잔치에 가지 않는다는 걸 알게 되었다.

　한 벌의 수저가 올려진 밥상은 권투가 벌어지는 링과 같다. 여자는 그 위에 홀로 서서 날아오는 시선을 맞는다. 호기심 많은 관중들이 레프트 훅, 라이트 훅, 시선을 날릴 때 여자가 방어할 수 있는 방법은 꿋꿋이 먹는 일뿐이다.

생각해보면 식사뿐만 아니라 혼자 하는 모든 것은 일종의 전투다. 남들이 둘 혹은 셋 이상 무리를 지어 하는 일을 누군가 혼자 하고 있으면 그 사람은 시선을 받게 마련이다. 우리나라처럼 집단주의 문화가 강한 나라에서는 더더욱 그렇다.

나는 형제 많은 집에서 자라 그 반작용으로 무엇이든 혼자 하고 싶어했다. 혼자 쓰는 방에서 혼자 쓰는 책상에 앉아 혼자 책을 읽으며 놀았으면 했고, TV도 가족들 말고 나 혼자 보고 싶은 채널에 고정시켜놓고 보기를 바랐다. 그런 바람은 가족들이 있어서 마음 대로 되지 않았지만, 영화관에 혼자 갈 수 있는 나이가 되고부터 영화는 혼자 봤다. 소도시의 동시상영관에 아침밥을 먹고 들어가 보고 싶은 영화를 세 번쯤 반복해서 보자면 사이에 낀 영화도 두 번쯤 봐야 했고, 그렇게 다섯 편의 영화를 보고 나오면 거리는 어느덧 컴컴했다. 하루 다섯 편을, 그것도 같은 영화를 연속해서 같이 볼 사람은 없기 때문에 나는 혼자 영화관에 가는 데 익숙해졌다.

영화뿐만이 아니다. 보고 싶은 연극이나 콘서트가 있을 때도 동행을 구하지 못하면 혼자 갔다. 혼자 미술관에 가는 것도 좋아한다. 누군가의 발걸음에 맞출 필요 없이 좋아하는 그림 앞에 원하는 만큼 서 있을 수 있고, 관심 없는 그림은 스쳐 지나갈 수 있는 자유가 마음에 들기 때문이다.

뭔가를 보는 행위는 몰입할 수 있어서 혼자 하는 게 좋지만 밥을

여자는 홀로 서서 날아오는 시선을 맞는다.
호기심 많은 관중들이 레프트 훅, 라이트 훅, 시선을 날릴 때
여자가 방어할 수 있는 방법은 꿋꿋이 먹는 일뿐이다.

먹는 일은 다르다. 혼자 밥 먹는 걸 좋아해서 혼자 먹는 사람은 아마 없을 것이다. 혼자 밥을 먹는 건 대개 상황이 여의치 않아서다. 홀로 영업을 하다가 늦은 오후에 배가 고파 낯선 동네의 식당 문을 열거나 도서관에서 혼자 글 쓰다 허겁지겁 한 끼를 때울 때 혼자 밥을 먹게 된다. 아는 사람이 한 명만 있어도, 아니면 집이 조금만 가까워도 혼자 밖에서 밥을 먹지는 않는다.

상황이 여의치 않아 혼자 밥을 먹게 될 때, 그 전투에서 가장 효과적인 무기는 책이다. 미국 드라마 〈섹스 앤 더 시티〉에서 캐리는 어느 날 아무 준비도 없이 나왔다가 혼자 커피숍에 앉아 있는 신세가 되자 "오늘은 나의 방패인 책도 놓고 나왔다"고 독백한다. 혼자사는 우리는 책이 얼마나 큰 무기인지 안다. 이어폰을 귀에 꽂고 책을 펴들면 세상 어디에서건 나를 보호하는 투명 울타리가 쳐진다. 그래서 혼자 밥을 먹을 때는 대체로 패스트푸드점이나 김밥집처럼 한 손으로 밥을 먹을 수 있는, 입은 씹으면서 눈은 글자를 읽을 수 있는 곳으로 향하게 된다.

〈1인용 식탁〉에서는 책을 방패 삼아 혼자 먹는 단계를 1단계로 규정하고, 2단계 이탈리안 레스토랑에서는 와인을, 4단계 고깃집에서는 소주잔을 이용해보라고 권한다. 그것들이 의외로 훌륭한 방패가 된다고 한다. 주인공은 고깃집까지 섭렵하여 학원 졸업을 눈앞에 두지만, 마지막 단계인 실전 연습에서 떨어진다.

시험에 떨어지고 나서야 나는 왜 이 수료증을 한번에 받는 사람들이 15퍼센트에 그치는지 알 것 같았다. 85퍼센트의 사람들이 두려워한 것은 시험이 아니었다. 시험 이후에 찾아올 진짜 현실이었다. 수료를 하고 나면 더 이상 학원에 찾아올 필요가 없고, 그 말은 곧 '우리'라고 부를 만한 소속이 없어지는 것 아닌가. 점심시간마다 찾아와 공통의 관심사와 목표 아래 앉아 있을 무리가 흩어진다는 것, 수료증 하나로 더 이상 이곳에 찾아올 이유가 없어진다는 것, 그래서 이제는 정말 세상으로 나가 혼자만의 식사와 마주쳐야 한다는 것, 바로 그것이 공포의 대상이었다.

결국 여자는 다시 학원에 등록한다. 처음에 '혼자 먹는 식사는 지겹다'고 썼던 여자는 두 번째 등록하면서 '혼자 먹는 식사는 즐겁다'고 썼다. 정말 그렇다면 즐겁게 혼자 식사하면 될 일이지 굳이 학원에 다시 등록하는 이유는 뭘까?

내가 배우고자 했던 것은 혼자 자유롭게 먹는 방법이었으나, 정작 내가 얻은 것은 수강 기간 동안 내가 혼자 먹는 유일한 사람이 아니라는 위안이었다.

나에게 그 학원의 설문지가 주어진다면 나는 '혼자 먹는 식사는 체한다'고 썼을지도 모르겠다. 나는 가족들과 떨어져 살기 시작하면서부터 약속이 없는 주말에 항상 체했다. 원체 잘 체하는 체질이기도 하거니와 토요일, 일요일 이틀 동안 신발 한 번 신지 않은 채종일 방안에 콕 박혀 있는 날은 TV를 보다가, 졸다가, 밥을 먹고, 인터넷을 하다가, 출출해서 생라면 뽀개 먹고, 다시 눕느라 소화시킬겨를이 없었다. 그렇게 주말을 보내고 월요일 아침에 눈을 뜨면 머리는 지끈지끈 아프고 얼굴은 누렇게 떠서 심할 때는 헛구역질까지 했다.

언젠가 카투니스트로 활동하고 있는 루나 파크의 블로그에 밤늦게 야식을 먹고 인터넷 서핑을 하다 바로 잠들어 월요일 아침에 팅팅 부은 얼굴과 체기 가득한 몸으로 출근했다는 일기가 올라왔는데, 나는 '어쩜 이렇게 나랑 같나!' 감탄했다. 내가 그 블로그 글에서 얻은 것 역시 주말에 혼자 방바닥 뒹굴다가 부종과 체기로 무거워진 월요일 아침을 맞는 사람이 세상에 나 혼자는 아니라는 위안이었다.

혼자 뭔가를 한다는 것은 나눌 사람이 없다는 말이다. 내가 혼자 영화관에 가고 미술관에 가는 것은 정확히 말해서 혼자 하는 행위는 아니다. 왜냐면 나는 영화를 보거나 미술관에 다녀와서 인터넷에 글을 쓰기 때문이다. 글을 쓰면서 다시 한 번 그때의 감정을 정리하고 그 감정을 여러 사람들과 나눈다. 사람들은 내 글에 동의하거나 반대하면서 나의 경험을 공유한다. 만약 그런 시간이 없다면, 내가 본 것을 누구와도 나누지 말라고 한다면 나는 굉장히 불행해질 것 같다.

세상의 혼자 하는 행위 중 최고봉은 여행이 아닐까 한다. 일상에서 접할 수 있는 모든 것, 이를테면 밥 먹기, 잠자기, 차 타고 이동하기, 짐 챙기기 등을 여행에서는 모두, 그것도 집약적으로 해야 한다. 누군가는 "혼자 여행 떠나본 적이 없다면 당신은 진정한 여행을 한 게 아니다"라고 힘주어 말하기도 하지만, 나는 혼자서 여행을 하고 싶지는 않다. 아무리 좋은 것을 보고 감동을 받았다 할지라도 옆에 함께 나눌 사람이 없다면 그 여행이 과연 재미가 있을까? 아니, 의미는 있을까? 난 잘 모르겠다.

그래서 이어폰을 꽂고 책을 읽으며 밥을 먹는 사람들이 주루룩 앉은 패스트푸드점의 창가 자리는 처량 맞다. 함께 모여 앉아서 상대방의 얼굴이 아닌 손안의 스마트폰만 들여다보고 있는 사람들도 슬프다.

혼자 있어서 외로운 게 아니라 상대방을, 세상을 받아들이지 않아서 외롭다. 내가 길을 가며 귀를 이어폰으로 틀어막지 않는 것은 거창하게 말하면 세상으로부터 나를 격리시키지 않겠다는 의지다. 그렇지 않아도 혼자 해야 할 것이 점점 늘어가는 세상에서 길을 가며 들리는 세상의 소음까지 차단한다면 그건 너무 외롭지 않은가.

인간은 뭔가를 혼자 하기에는 너무나 사회적인 동물이고, 나는 인간으로 태어났다. 혼자 먹는 식사가 즐겁다면 그냥 혼자 먹으면 될 텐데 굳이 학원까지 찾아가 혼자 밥 먹는 법을 배우는 소설 속 주인공도 끝내 듣고 싶었던 한 마디는 바로 "합석할래요?"였다.

서른일곱에 자전거를 배웠다구요?

　30대가 막 시작되었을 무렵, 신문에서 읽은 칼럼 하나가 마음에 들어 스크랩을 해뒀었다.

　만약 당신이 내일모레 서른이라면, 그리고 결혼을 하지 않았다면, 주위에서 뭐라고 압력을 넣더라도 절대로 서른을 넘기지 않겠다는 결심을 하지 말기 바란다. 여자 나이 서른이 넘으면 값이 떨어져 제대로 된 결혼을 할 수 없다는 것은 여러분 부모 세대의 생각이다. 재취 자리밖에 없다니, 재취라는 말, 얼마나 불쾌한가. 다시 여자를 얻는다니……. '부엌데기'와 '보모'와 '성적 상대'로서의 여성, 다용도로 쓸모 있는 물건을 집 안에 들인다는 냄새가 물씬 난다. 서른은 결혼 적령기의 마지노선이 아니다. 결혼 적령기는 당신이 결혼하고 싶은 상대가 생기는 바로 그때라는 사실을 확고하게 믿어야 한다.

누군가가 사랑해주기를 바라는 것은 어리석다. 당신이 사랑할 상대를 적극적으로 찾아야 한다. 백마 탄 왕자가 다가와 손 내밀기를 기대할 시기는 지났다. 백마 탄 왕자는 10대에도 20대에도 환상이고 서른에는 망상이다.

이 글은 서른인데도 아직 직업이 없다면 당장 파출부라도 나가라, 서른 넘어 핸드폰 요금을 부모에게 부담시키는 것은 부끄러운 짓이다, 서른인데 전업주부라면 당당하라, 남편 수입의 절반은 당신 것이다, 서른인데 직업도 있고 결혼도 했고 아이도 있다면 덫에 걸린 것 같은 느낌을 받겠지만 투덜대지 마라, 당신은 가진 것이 많으니 할 일도 많은 거라고 생각하라는 내용으로 이어진다.

이 날카롭고 정확한 글은 〈한겨레〉 김선주 논설위원의 글이다. 서른에 결혼하지 않은 여자에게 이렇게 살아라 저렇게 살아라 조언하는 글은 많이 읽어봤지만 결혼하지 않은 여자, 직업이 없는 여자, 전업주부인 여자, 맞벌이를 하는 여자까지 조목조목 짚어주는 글은 처음 봤다. 하나같이 흘려들을 수 없는, 삶에 피가 되고 살이 되는 이야기였다. 뿐만 아니라 속이 뻥 뚫릴 정도로 시원한 글이기도 했다. 감동한 사람은 나만이 아니어서 이 글은 인터넷을 타고, 사람들의 입을 타고 널리 퍼졌다.

나는 이 칼럼을 읽은 뒤부터 〈한겨레〉를 볼 때면 김선주 위원의 글을 꼭 챙겨 읽었다. 그 글들이 묶여 《이별에도 예의가 필요하다》라는 책으로 나왔다. 책 앞머리의 추천글에서 후배들이 공통적으로 하는 이야기가 있다. 김선주는 그저 글을 쓰는 게 아니라 글을 쓰는 대로 살아가는 사람이라고. 은퇴한 뒤에는 10년에 한 번씩 서울에서 100킬로미터만 후진해서 살면 노후 걱정이 없다고 말한 그녀는 은퇴한 뒤 진짜로 그렇게 살고 있고, 정치권에 입문하라는 압력을 자주 받았지만 "언론인으로 끝나는 선배도 한둘쯤은 있어야지"라는 말로 일축한 후 언론인으로 은퇴하고 정치와 거리를 두고 있다.

글을 써본 사람은 안다. '자뻑'에 빠져 글을 쓰는 것은 쉽지만, 자신이 주장한 그대로 살아가기는 얼마나 어려운지를. 그런 의미에서 김선주는 멋진 글을 쓸 뿐만 아니라 멋진 선배이기도 하다.

오랫동안 프리랜서로 일하다가 출근을 한 적이 있었다. 프리랜서로 일하는 동안에는 글 쓰는 친구들을 주로 만나고, 일을 받아도 일대일로 이야기하기 때문에 내 나이에 대해 그닥 실감을 하지 못한다. 그런데 20대 직원이 많은 사무실에 나가고 보니 내 나이를 실감할 일이 많았다. 이야기를 하던 중에 "나 작년에 자전거 배웠잖아" 했더니 직원들 눈이 동그래졌다.

"서른일곱에 자전거를 배우셨다구요? 우와, 그 나이에 대단하세요!"

까딱하면 함께 기립박수라도 쳐줄 기세에 민망해졌다. 서른일곱에 자전거를 배우는 게 그토록 신기한 일인가? "대단하세요!"라는 말이 그토록 무안하게 들리기는 처음이었다. 그때 내가 왜 그렇게 무안했는지 이 책을 읽으면서 알게 되었다.

작가 박완서 선생님이 요즈음 사람의 나이는 자기 나이에 0.7을 곱해야 생물학적·정신적·사회적 나이가 된다고 하셨다는 구절이 있어서였다. 눈앞이 환해지는 것 같았다.

내 나이 서른일곱에 0.7을 곱해보니 25.9세! 아직 20대 중반이었다. 그렇다. 그때 내게 대단하다고 했던 직원들은 나를 서른일곱으로 봤지만, 나는 나를 20대 중반으로 느끼고 있었던 게다. 내가 나를 보는 눈과 남이 나를 보는 눈이 다르니 나를 제 나이로 봐주는 사람들에게 화가 날 수밖에.

'나이 곱하기 0.7'이라는 공식을 알고 나서부터 주변에 이 공식을 전파하고 다녔다. 다들 자신의 나이를 계산해보더니 실제로 자신이 느끼고 있던 나이와 얼추 비슷하다며 흡족해 했다.

혹시 내가 "최근에 피아노를 배우기 시작했어요"라거나

"하프 마라톤에 도전해보겠어요"라고 해도

"그 나이에 대단하십니다"라고 하지 말기를.

"저도 해보고 싶네요"나 "재밌게 사시네요" 정도면 딱 좋은 대답이다.

"그 나이에"만 빼도 괜찮다.

내가 스물다섯 살 때, 새로 옮긴 직장에서 알게 된 스물여덟의 선배가 있었다. 그 선배는 입사 일주일이 지나 다른 회사로부터 면접 보러 오라는 연락을 받았다. 당시 우리가 다니던 회사는 규모도 작고 월급도 적고 선배의 전공을 살릴 수도 없는 직장이었다. 그런 상황에서 자신의 전공을 살릴 수 있는 괜찮은 조건의 회사에서 연락이 왔으니 당연히 선배가 면접을 보러 갈 줄 알았다. 하지만 선배는 "유정 씨 몇이야? 스물다섯? 좋을 때다. 나도 유정 씨 나이라면 바로 면접 보러 갔겠지. 하지만 난 결혼도 했고 벌써 스물여덟이야. 함부로 자리를 옮기기엔 걸리는 게 많아"라고 했다.

스물여덟, 그 파릇파릇한 나이에 그녀는 왜 자기 나이가 많다고 생각했을까?

그건 지금의 나이가 항상 자신이 경험해본 가장 많은 나이이기 때문이다. 사람은 현재 자신의 나이보다 적은 나이는 이미 경험했지만 많은 나이를 경험해볼 수는 없다. 현재가 자기 인생에서 가장 많은 나이다. 그렇기 때문에 스무 살에는 스무 살이 많아 보이고, 스물여덟 살에는 스물여덟 살이 많아 보인다. 지나고 보면 그토록 아름다운 시절이 없는데 당시에는 그걸 모른다. 선배도 서른이 넘어 '내가 그때 왜 그랬을까?' 하며 놓쳐버린 기회를 아쉬워했을지도 모른다.

여성학자 박혜란은 자신이 50대에 냈던 책 제목에 '다시'라는 부사만 덧붙여 60대에《다시, 나이듦에 대하여》라는 책을 냈다.

> 얼마 전 한 80대 여성은 내 얼굴을 찬찬히 들여다보며 "참 젊어 좋다"라고 덕담을 하면서 "인생 80, 한순간이야"라고 자신의 인생을 간단하게 요약했다. 그분은 나이 일흔에 그림을 배우기 시작해서 여든에 조그만 전시회를 열어 나를 감동시켰다. 인간, 참 자기중심적이다. 10년 전, 50대 초반에《나이듦에 대하여》란 좀 건방진 제목으로 책을 냈을 때만 해도 난 내가 꽤 나이가 든 줄 알았다. 하지만 지금 그 나이의 사람들을 보니, 새파랗다. 무얼 시작해도 늦지 않은 나이다. 하긴 시작하기에 늦은 나이가 어디 있으랴. 무얼 해도 10년쯤 죽자 하고 파면 최고는 아니더라도 어느 정도는 흉내 낼 수 있잖은가.

여든에도 예순의 후배를 보며 '젊어 좋다'고 한다. 우리는 평균 수명이 여든을 훌쩍 넘긴 세상에 살고 있다. 그러니 인생의 중반에 오지도 못했는데 벌써 나이 든 사람 취급 받으면 서럽다.

《다시, 나이듦에 대하여》는 예순을 넘은 나이에 바라보는 세상에 대한 이야기를 친구들과 수다 떨듯 친근하고 조근조근하게 풀어놓는 책이다. 1장의 제목이 '그 연세에 참 대단하시다고?'이다.

"그 연세에 참 체력이 좋으십니다."

또야? 김새게. 아니, 내 연세가 어때서? 이제 갓 예순을 넘었을 뿐인데 이만큼도 못 걸으면 여행을 왜 따라와? 찜질방이나 가지. 그리고 정말 웃기는 거 아냐? 저는 도대체 몇 살이나 젊다고 그 연세니 저 연세니 떠드는 거야? 흥, 아무리 못 먹었었어도 쉰은 넘어 보이는데. 쉰이나 예순이나 오십보백보지. 같이 늙어가는 처지에 싸가지 없이 굴고 있네. 그런 말 들으면 내가 기분 좋아할 것 같나 보지? 멍청하긴.

겉으론 인자한 미소를 띠었지만 속에선 막말이 마구 터져나온다.

저자는 패키지 해외여행에 따라갔다가 잘 걷는다고 50대 여행객들에게 칭찬 아닌 칭찬을 들으면서 기분 나빴던 경험을 털어놓았다. 서른일곱에 자전거를 배우고 "그 나이에 대단하세요"라는 칭찬을 받은 나는 동병상련의 공감을 느꼈다. 어느 나이대든 비슷한 경험은 비슷한 느낌을 불러일으킨다.

나이를 부인하려는 게 아니다. 부인한다고 내가 먹은 나이가 어디로 가랴. 만약 20, 30대 젊은 사람들로부터 그런 말을 듣는다면 고까운 마음이 들 리가 없다. 부모가 몇 살이건 자식 세대의 눈으로 보면 부모 세대란 얼마나 늙은 사람들인가 말이다. 부모보다 나이 든 사람들이 젊은이들의 걸음에 뒤처지지 않고 또박또박 잘 따라오면 신기하기도 하겠지.

그런데 겨우 10년 정도 차이 나는 사람들이 '그 연세에 어쩌고저쩌고' 하는 건 정말 짜증나는 일이다. 불과 10년 후에 다다를 나이를 마치 아득한 먼 훗날인 양 취급하는 건 아무리 생각해도 언어도단이다.

우리는 10년 후를 매우 아득한 훗날로 여기며 살아간다. 그러나 지나고 뒤돌아보면 10년은 별로 긴 시간이 아니다. 10대 시절에야 10년이 자신의 평생 혹은 반평생이니까 길어 보이지만, 나이가 들수록 10년은 점점 짧게 체감된다. 인생 초반에는 태어나고 걷고 말하고 먹는 모든 것이 첫 경험이라 길게 느껴지지만, 학교를 마치고 직업을 가지고 결혼까지 하고 나면 그 다음부터는 '하루는 길어도 1년은 빠른' 나날들의 연속이다. 누군가는 그 시간의 속도를 10대 때는 걷고, 20대 때는 뛰고, 30대 때는 자전거를 타고 가는 속도인데, 40대부터는 자동차를 타고 휙 지나가는 속도이고, 그 이후에는 롤러코스터를 타는 것처럼 어지럽고 빠른 속도라고 했다.

나로 말할 것 같으면 이력서 쓰기는 20대에 끝날 줄 알았는데, 지금도 이력서를 써들고 일을 받으러 간다. 인터넷에 홈페이지를 만들 때만 하더라도 젊을 때 잠깐 하다 말 일이라고 생각했는데, 이미

10년 넘게 블로그를 운영하고 있고 아마 앞으로 20년은 더 하게 될 것 같다. 20대가 지나면 열병 같은 사랑은 끝날 줄 알았는데, 지금도 누군가를 좋아하게 되면 불면증이 도진다. 10년은 결코 긴 시간이 아니다. 출발점에서 보면 10년은 멀고 먼 길이지만, 막상 걷고 난 뒤 돌아보면 한 순간이다.

그래서 말인데, 누가 대단하다고 하건 말건 나는 여전히 새로운 것들에 좀 더 도전해볼까 한다.

어릴 때 나는 운동이 무섭고 싫었지만, 나이 들면서 누굴 이기거나 기록을 갱신하지 않고도 즐길 수 있는 운동이 많다는 걸 알게 되었다. 그래서 차츰 요가니 재즈댄스니 수영을 배우기 시작했고, 결국 자전거까지 타게 되었다. 어릴 때는 난공불락의 콘크리트 벽으로 느껴져 도저히 넘을 수 없다 생각했던 벽이 나이 들어 주먹으로 쳐보니 푹 꺼지는 합판 벽일 때도 많았다.

그러니 혹시 내가 "최근에 피아노를 배우기 시작했어요"라거나 "하프 마라톤에 도전해보겠어요"라고 해도 "그 나이에 대단하십니다"라고 하지 말기를. "저도 해보고 싶네요"나 "재밌게 사시네요" 정도면 딱 좋은 대답이다. "그 나이에"만 빼도 괜찮다.

살찐 여자 주눅 들게 하는 사회

결혼하고 쌍둥이를 출산한 뒤 처녀 적보다 훨씬 섹시해진 이영애가 광고를 찍었다. 광고 속에서 이영애는 여전히 아름답고 우아할 뿐만 아니라 결혼 전에는 없던 농염함까지 갖추었다. "그냥 즐겨", "난 기분 맞춰주는 거 좋은데 당신은 싫어요?" 할 때의 무심함과 퇴폐미라니!

그 광고에 관한 이야기를 하다가 "역시 이영애야. 난 다시 태어나면 재벌 2세고 대통령이고 다 필요 없고, 이영애로 태어날 거야" 했다. 그랬더니 친구가 "넌 언제는 심은하로 태어나고 싶다면서?" 했다. 얼굴만 보면 심은하가 내 이상형에 더 가깝지만 결혼하고 현모양처럼 집 안에 폭 파묻혀 사는 걸 보니 이영애 쪽이 낫겠다 싶어 떡 줄 사람은 생각도 하지 않는데 "심은하? 이영애? 심은하? 이영애? 아, 고민되네. 누구로 태어나지?" 머리털을 뜯으며 고민하다가 친구들의 비웃음을 샀다.

다음 세상에 어떻게 태어나고 싶으냐는 질문에 대한 나의 대답은 한결같다. 이영애나 심은하 같은 미녀로 태어나고 싶다. 나무나 바위로 태어나고 싶다는 사람들도 많지만, 말없이 수백 년 동안 같은 곳에 뿌리박고 사는 건 도저히 자신이 없고, 개나 고양이 같은 애완동물조차 별로 좋아하지 않는 관계로 동물로 태어나고 싶지도 않다. 사람 중에서는 기왕이면 남자로 태어나고 싶은데 가만히 관찰해보니 어떤 남자도 아름다운 여자보다 강하지 않은 것 같다. 세상의 생물들을 권력의 순서대로 줄 세운다면 피라미드의 맨 꼭대기 자리는 '미녀'가 차지하고 있는 것 같다. 그래서 다음 생엔 기필코 미녀로 태어나기를 소망한다.

그런데 참으로 희한하게도 다음 생엔 미녀로 태어나고 싶다고 노래를 부르면서도 정작 내 인생에서 외모 때문에 차별을 겪거나 스트레스를 받은 적은 많지 않다. 어릴 때부터 키도 작고 눈도 작았던 데다 사춘기 이후엔 살까지 붙어 스튜어디스라든가 모델같이 출중한 외모가 필요한 일을 꿈꾼 적이 없기 때문이다. 그 사람들은 나와 다른 세계에 살고 있는 사람들이라고 일찌감치 선을 그었다. 덕분에 내 외모에 대해 심각한 콤플렉스에 시달린 적이 없다. 기자 시험을 보러 가서 카메라 테스트에서 떨어진 적이 있는데, 그때도 내 외모보단 사투리 억양 때문에 떨어졌을 거라고 짐작했다. 말하자면 외모보다 더 심한 콤플렉스들이 산재해 있어 외모까지 신경 쓰기는 힘들었다고나 할까.

언젠가 남자친구가 진지한 표정으로, 살을 뺀다면 지금보다 훨씬 더 많은 기회가 주어질 것이다, 너는 경력도 있고 일도 잘하니 외모만 따라준다면 좋은 기회를 잡을 수 있다, 그러니 살을 빼라고 말했다. 충격이었다. 내가 내 능력을 깎아먹을 정도로 외모에 하자가 있다고 생각하지도 않았을뿐더러 어떻게 남자친구라는 사람이 여자친구에게 이런 말을 할 수 있나 기가 막혔다. 아마 로맨스 영화에서라면 이 일을 계기로 남자친구와 대판 싸운 여자는 오기로 똘똘 뭉쳐 다이어트에 돌입해 살을 뺀 후 남자친구를 뻥 차고 백마 탄 왕자와 만난다는 스토리로 전개될 텐데, 현실의 나는 "지는 피부도 오렌지 껍질처럼 울퉁불퉁하고, 배만 ET처럼 튀어나와 가지고 지금 나더러 살을 빼라고? 흥! 너나 잘하세요"라는 태도로 일관했다.

이런 예로 볼 때 내 마음속에는 '외모보다는 마음'이라는 캔디캔디적 환상이 현실감 없이 들어앉아 있는 데다, 한편으로 다이어트나 성형수술은 속물들이나 하는 짓이라는 생각이 자리 잡고 있는 것 같다. 그러니까 나는 다이어트를 (강한 의지가 없어) 못 하는 것이 아니라 (자발적인 의지에 의해) 안 한다고 주장해왔다. 그런 나를 만화 《다이어터》가 무너뜨렸다.

《다이어터》는 포털사이트 다음에 연재되고 있는 웹툰이다. 책으로 두 권이 나와 있다. 주인공 신수지는 스물다섯 살의 은행원으로 90킬로그램이 넘는 몸무게를 자랑하는 고도비만녀이다. 그녀는 먹는 걸 좋아하고 움직이는 걸 싫어한다. 나 또한 움직이는 걸 싫어하고 먹는 걸 좋아한다.

그녀의 직장에는 매일 간식으로 애정을 표현하는 부장님이 있다. 다른 여직원들은 부장님이 간식을 사와도 안 먹는데 수지는 미안하기도 하고 음식을 좋아하니까 다 먹는다. 직장에서 누가 간식을 사오면 20대 여직원들은 거절하거나 한 젓가락 먹고 물러났는데, 나는 수지처럼 끝까지 남아 먹으면서 그릇의 밑바닥을 보고야 말았다.

수지는 다이어트라면 이것저것 다 해봤지만 항상 실패했다. 그러다 사기꾼 트레이너 찬희에게 걸려 500만 원을 탈취당하고, 그 돈을 흥청망청 써버린 찬희는 돈을 갚는 대신 수지네 집에 기생하며 수지의 살을 빼주기로 약속한다. 수지의 다이어트는 그렇게 시작된다.

수지의 소망은 소박했다. 보통 체격의 사람이라면 너무나 당연히 누리고 있는 것들이었다.

'길거리에서 마음에 드는 싼 티셔츠를 입어보고 싶어요.'

'엄마, 아빠가 날씬해진 나를 자랑스러워했으면…….'

'민증 사진을 목이 보이는 증명사진으로 바꾸고 싶어요.'

'아파서 병원에 갔을 때 간호사가 팔의 혈관을 한번에 찾아줬으면 좋겠어요.'

'회사 유니폼을 입고 만세를 하고 싶어요. 언제나 팔이 끼니까.'

'길에서 뭔가 먹을 때 사람들이 힐끗힐끗 보지 않았으면 좋겠어요. 정말로 바빠서 먹을 때도 있는데.'

그렇다. 뚱뚱한 사람들은 자기가 뚱뚱하다는 걸 너무나 잘 알고 있다. 누가 꼬집어서 상처를 주지 않더라도 말이다.

이제껏 외모 때문에 상처받은 적 없다던 내 거짓말은 수지의 솔직한 고백 앞에서 허물어져내렸다. 나도 길거리에서 마음에 드는 티셔츠를 사 입고 싶다. 어쩌다 유혹을 못 이기고 매대에 놓인 티셔츠를 사와 집에서 입어보면 울룩불룩한 등살과 가슴살이 삐져나와 에어로빅복을 능가한다. 병원에서 링거 꽂을 때 한 번 만에 내 혈관을 찾아내는 간호사는 드물다. 결혼식이 있어 정장이라도 입을라치면 그날은 버스 손잡이 잡기도 힘들고 피로연에서 멀리 있는 음식을 젓가락으로 집기도 힘들다. 팔뚝이 끼기 때문이다. 이 모든 상황을 우리 수지는 알고 있었다. 나는 아닌 줄 알았는데, 수

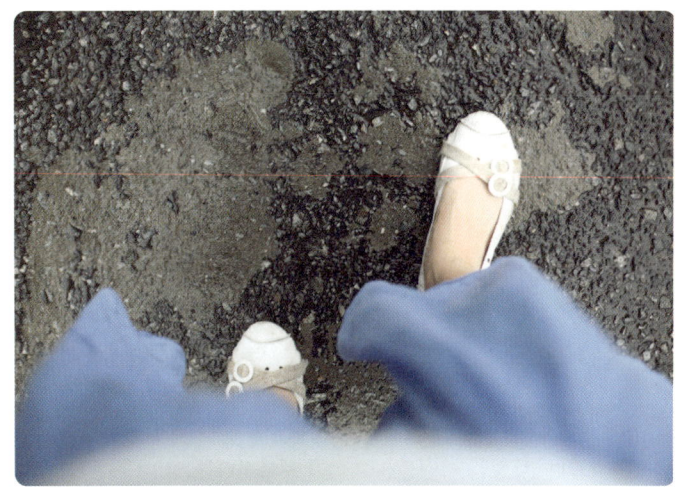

길거리에서 마음에 드는 싼 티셔츠를 입어보고 싶어요.

엄마, 아빠가 날씬해진 나를 자랑스러워했으면…….

길에서 뭔가 먹을 때 사람들이 힐끗힐끗 보지 않았으면 좋겠어요.

정말로 바빠서 먹을 때도 있는데.

지의 고백을 듣고 나니 나 또한 살쪘다는 이유로 이렇게나 주눅 들어 있었던 것이다.

《다이어터》는 '자발적으로 살을 빼지 않은 것'이라고 방어벽을 쳤던 나 같은 사람의 마음조차 무장해제를 시킨 뒤 함께 노력해보자고 말한다. 요구르트 5개들이 한 줄의 비닐을 벗기지도 않은 채 빨대로 뾱뾱 구멍을 뚫어 쪽쪽 빨아먹는 나와 닮은 수지가 주인공이기에 트레이너 찬희의 독설도 고깝지 않게 받아들일 수 있다.

전신사진을 찍은 후 "내가 이럴 리가 없다"는 수지에게 "대개 살찐 사람들은 자기가 좋아하고 원하는 각도로만 거울을 보지. 그래서 사진에 찍혔을 때 나는 사진빨이 안 받는다, 실물보다 못 나온다고 생각하는 거야. 이게 남들이 보는 너야. 가장 객관적인 수지 너자신!!"이라고 하는 찬희. 식이조절로 살이 좀 빠지자 기뻐하는 수지에게 "기쁜 마음은 이해하지만 너무 들떠 있지는 마. 남들이 보기엔 92킬로그램 여성이나 84킬로그램 여성이나 뚱뚱한 사람인 건 마찬가지다"라고 하는 찬희. 어쩌면 이렇게 비수 같은 말만 마음 과녁 중앙에 팍팍 꽂아주시는지!

다이어트에 성공한 사람들을 만나면 그들은 약속이라도 한 듯 이전과는 다른 사람이 되어 잔소리를 한다. 같이 밥을 먹으면 "밥 대신 반찬을 더 먹어라", "야채를 먹어라" 하고, TV 보며 오징어 다리라도 하나 씹을라치면 "그렇게 먹어대니 살이 찌는 거다", "칼로

리 노트를 써봐라" 하는 소리를 듣게 된다. 한 귀로 듣고 한 귀로
흘리지만 속까지 편한 건 아니다. 내가 뚱뚱한 게 그들을 괴롭히
나? 왜 자신이 살 뺀 걸 가지고 옆 사람들을 볶아대는지. 살 빠진 게
그렇게 유세냐고 묻고 싶은 심정이다.

찬희가 내뱉는 독설이 그보다 부드러운 것도 아닌데, 《다이어
터》가 받아들여지는 걸 보면 이건 공감의 문제인 것 같다. 일방적
으로 비난하거나 고쳐야 한다는 설교 대신 '나는 너의 아픔을 알고
있으니 우리 함께 해보자'는 격려가 사람을 설득한다.

알고 보니 작가 네온비와 만화가 캐러멜은 헬스클럽에 꾸준히
다니면서 다이어트를 했고, 그 경험을 바탕으로 이 만화를 만들었
다고 한다. 어쩐지 예사롭지가 않더라니. 게다가 둘은 《다이어터》
로 대박을 치고 결혼에도 골인했다. 부럽기도 하지.

이 만화를 보고 나서 나는 좀 달라졌다. 이전에 좋아했던 먹을거
리들, 그러니까 밀가루로 만든 튀긴 음식은 먹을 때마다 한 번 더
쳐다보고 참을 수 있으면 안 먹게 되었다. 그때마다 내 몸속에서
지방 대신 근육이 환호하는 소리가 들려온다. 약속이 없는 날은 운
동화를 신고 나가 도서관에서 집까지 걸어온다. 서강대교를 건너
서 신촌 로터리를 지나 언덕배기에 있는 집까지 걷는 데 한 시간 정
도 걸린다. 그렇게 두 달을 했더니 만나는 사람마다 살 빠졌다고

했다.

　하지만 날이 추워져 서강대교를 걸을 수 없게 되자 어느덧 먹는 것도 운동도 함께 소홀해졌다. 살을 빼는 건 어렵지만 찌는 건 잠깐이더라. 두 달 동안 한강 다리를 걸어다니며 빼놓은 살이 정확히 일주일 만에 제자리로 돌아왔다. 이럴 때 마음가짐을 바로잡는 용도로 다시 《다이어터》를 편다. 이 만화는 아무래도 평생 옆에 두고 봐야 할 내 인생의 트레이너가 아닌가 싶다.

지상의 방 한 칸

방을 구하러 돌아다니다 오는 길이었다. 내가 탄 버스가 남산 고 갯길을 넘고 있었는데, 창밖으로 산 전체에 총총한 불빛이 보였다. 불빛 하나마다 다 집이겠거니 싶어서 서러워졌다.

"저렇게 많은 방들이 있는데 내가 갈 곳은 왜 없는 거야?"

나는 유년시절부터 유난히 이사를 많이 다녔다. 아빠가 직장을 자주 옮겼고 사업을 하다 실패하기도 해서 전국 팔도를 떠돌아다 녔다. 고향이 어디냐고 물으면 태어난 포항이라고 해야 하나, 가장 오래 살았던 경주라고 해야 하나, 지금 부모님이 계신 대구라고 해 야 하나 헷갈린다. 초등학교 6년 동안 다닌 학교만 다섯 군데다.

집에서 독립하면 이사를 덜 할 줄 알았는데, 직장 때문에 서울에 올라와서는 더 자주 이사 다녀야 했다. 서울에 와서 가장 놀랐던 건 지하에 사람들이 산다는 사실이었다. 경주나 대구에서는 아무리 가난한 사람도 지하에 살지는 않는다. 지하 창고란 가끔 말 안 듣는 강아지나 고양이가 몰래 들어가 새끼를 낳는 곳이었지 사람이 사는 곳이 아니었기에 처음 본 반지하 방은 '가난'이 아니라 '비참'을 느끼게 했다. 그렇지만 나 역시 다른 상경자들처럼 반지하 방과 옥탑방을 전전하며 서울살이 초반을 보냈다.

서울 와서 제일 처음 살았던 방은 엄마의 사촌, 그러니까 나에게는 외가 쪽으로 육촌 언니의 방이었다. 엄마는 돌아가신 지 6년이 지났고, 그 언니는 초등학교 때 얼굴 본 후 10여 년 만에 처음 보는 서먹한 사이였다. 친한 이모네 집이라도 힘들었을 친척집살이를 사돈의 팔촌쯤 되는 집에서 딱 한 달 만에 끝내고, 수습 월급 40만 원을 받자마자 독립했다.

그리고 들어간 방은 셋집에 세를 든, 여섯 가구가 마당 한 켠의 화장실 하나를 함께 쓰고, 방바닥에 보일러가 들어오지 않아 전기장판을 깔고 자야 하는 방이었다. 자신도 세를 살면서 나에게 세를 놓은 아저씨는 울적한 밤이면 노래방 기계를 켜놓고 '영일만 친구'를 불러젖혔고, 가끔 나에게 소주 심부름을 시키기도 했다.

수습사원에서 정사원이 되면서 월급이 올랐고 내 방도 보일러가 돌아가는 곳으로 업그레이드되었지만, 이후 5~6년은 계속 반지하와 옥탑 사이를 왔다 갔다 했다. 지하와 옥탑 사이, 즉 지상에 있는 방은 내게 너무 비쌌다.

　반지하 방은 여름만 되면 장판 밑으로 벽지 사이로 스멀스멀 곰 팡이가 피어올랐고, 옥탑방은 새벽 두세시가 되어도 한낮의 열기가 빠져나가지 않았다. 어떤 방이든 여름이 문제였다. 그리고 나는 사계절 중 여름을 가장 싫어하는 체질을 타고났다. 하나 위안이 있다면, 내가 살았던 반지하 방들은 언덕배기에 있어서 아무리 심하게 비가 내려도 잠기지 않았다는 사실이다.

　김애란의 소설 〈도도한 생활〉의 반지하 방은 비가 와서 물에 잠 긴다. 이 소설은 반지하로 이사올 때 피아노를 가져오는 자매가 주인공이다. 피아노를 보며 아연실색하던 집주인은 '절대 치지 않겠다'는 각서를 받고서야 피아노 들이는 것을 허락하고, 피아노 건반 한 번 눌러보지도 못했는데 그 반지하 방이 비가 와서 침수된다. 남의 일 같지 않아 읽는 내내 가슴이 답답했다.

　이 소설이 실린 소설집 《침이 고인다》에 수록된 이야기들은 대부분 방 때문에 겪는 애환과 고초를 그리고 있다. 크리스마스 이브에 둘이 들어갈 방이 없어 새벽 다섯시까지 거리를 헤매고 다니는 연인, 의자 바퀴 굴러가는 소리와 훌쩍훌쩍 흐느끼는 옆방의 소리가 다 들리는 여성전용 고시원 4인실, 엄마가 잠든 아기를 눕혀놓고 자물쇠를 채운 채 장보러 나서는 작고 어두운 방, 다 큰 여동생에게 얹혀사는 오빠의 원룸 등 구차하고 눈물겨운 방들이 등장한다.

나는 그중에서도 표제작인 〈침이 고인다〉가 가장 기억에 남는다. 어느 날 무작정 찾아온 후배를 내치지 못하고 3개월간 데리고 산 학원 강사의 이야기로, 가족 아닌 사람과 같이 사는 일에 대해서 잘 묘사하고 있는 작품이다.

나도 서울에 와서 한동안은 동거와 독거를 병행했다. 회사 동료와 같이 살기도 했고, 때로는 회사 동료의 동생이나 오빠와 함께 살기도 했다. 같이 사는 게 지겨워지면 혼자 살다가, 혼자 사는 게 외로워지면 같이 살았다. 그러다 집 같은 집으로 이사한 뒤부터 8년을 혼자 살았다. 혼자 사는 삶이 완전히 몸에 밴 어느 날, 고향 후배로부터 전화가 왔다.

"언니, 나 서울 갈 것 같은데 언니랑 같이 살아도 돼요?"

나는 당황하여 서울에서 방을 구하기 전까지는 같이 살아도 된다고 대답했고, 그런 뜻이 아니었던 후배는 실망감을 감추며 전화를 끊었다. 전화를 끊고 나자 찜찜했다. 반지하와 옥탑을 오갈 때 누군가 고향에서 서울로 올라온다면 최대한 도와주리라, 내가 겪었던 설움 안 겪게 하리라 했던 다짐들은 어디로 갔나. 지금보다 훨씬 작은 방에서도 부대끼고 잘 살았는데, 이제 살 만해졌다고 개구리 올챙이적 생각을 못 하게 됐나. 결국 나는 얼마 뒤 후배에게 다시 전화를 했고, 아직 방을 구하지 못했다는 말에 올라오라고 했다.

방이 없어 새벽 다섯시까지 거리를 헤매고 다니는 연인.
흐느끼는 옆방의 소리가 다 들리는 여성전용 고시원,
엄마가 잠든 아기를 눕혀놓고 자물쇠를 채운 채 장보러 나서는 작고 어두운 방,
다 큰 여동생에게 얹혀사는 오빠의 원룸……

구차하고 눈물겨운 방들.

그녀는 누군가와 함께 살아 좋은 순간은 뭔가 같이 '먹을 때'라는 걸 깨달았다. 밥상 앞에 한 사람이 더 있다는 사실만으로도 스스로 보통 사람이 되는 것 같았고, 그 상이 그냥 상이 아니라 아주 오래전부터 내려오는 유구한 밥상처럼 느껴졌다.

후배와 함께 살게 되면서 나도 그렇게 느꼈다. 같이 밥을 먹는다는 건 참 좋은 일이구나. 나 혼자 먹던 밥상은 참으로 초라했구나.

하지만 같이 산다는 건 만만한 일이 아니었다.

같이 산다는 건 뭘까? 나와 다른 상대방의 불쾌한 버릇들을 참아낸다는 것이다. 그 버릇들은 각자 서로 다를 뿐이지 비난받을 정도로 나쁜 버릇이 아닌지라, 묘하게 신경을 거스르지만 내가 신경 끄면 아무런 문제가 없는 사소한 것들이다.

후배는 문을 세게 닫는다. 후배는 연예 기사를 너무 많이 본다. 후배는 통화할 때 말이 많고, 후배는 한 번 쓴 수건은 다시 쓰지 않는다. 후배는 옷을 유치하게 입는다. 후배는 옷을 유치하게 입는데, 내 감각을 나무란다. 후배는 샤워 후 발의 물기를 완전히 닦지 않고 이불 위로 올라온다. 그녀는 후배의 그런 행동들이 싫어졌다. 처음에는 부드럽게 타일렀다. 후배는 몰랐다는 듯 실수를 인정하며 수줍어했다. 그러나 다음번에도 똑같은 행동을 반복했다.

그녀는 그 점을 이해할 수 없었다. 몇 번이나 지적해주는데도 어떻게 그것을 번번이 잊어버릴 수 있는지 납득할 수 없었다. 물론 후배에게도 선배의 못마땅한 점이 있었을 것이다. 하지만 그녀는 자신에게 별 문제가 없다고 생각했다.

나도 그랬다. 후배가 TV를 보면서 자기 마음에 들지 않는 연예인들을 '못생겼다'고 할 때, 살이 오른 연예인들을 보고 '뚱뚱하다'고 할 때 그 말은 꼭 나를 비난하는 말처럼 들렸고, 형광등과 TV를 환하게 켜놓고 잠드는 버릇이 못내 싫었고, 후배에게서 나는 화장품 냄새를 맡으면 골치가 지끈거렸다. 물론 후배도 내가 쿠션을 괴지 않고 벽지에 머리를 기대어 벽지가 누렇게 바래는 것을 싫어했고, 타월과 청바지를 한 세탁기에 넣고 돌리는 것에 기겁했다.

그러면서 알게 됐다. 그 옛날 엄마의 사촌이자 나의 육촌 언니가 나를 받아들인 그 마음이 얼마나 가상했는지를. 그럼에도 불구하고 내 버릇들이 마음에 들지 않아, "나갈 때는 문소리 크게 내지 마라", "욕실 수챗구멍의 머리카락은 치우고 다녀라", "설거지는 먹고 난 후에 바로 해라"라는 쪽지를 남긴 마음도 이해하게 되었다.

같이 산다는 건 그런 거다. 아마 결혼 생활도 다르지 않을 것이다. 30년간 자신의 삶을 살다가 가족도 아닌 다른 사람과 생활의 하나부터 열까지 맞춰가려면 얼마나 많은 사소한 것들을 참아내고

견뎌내야 할까?

요즘 나는 그 후배와 또 다른 언니와 셋이서 평화롭게 동거하고 있다. 처음 몇 달 동안 도저히 참을 수 없었던 버릇들은 시간이 지나자 그런 버릇이 있었나 싶을 정도로 아무렇지 않게 되었다. 아마 〈침이 고인다〉의 주인공과 후배 역시 석 달을 넘겼다면 분명히 잘 살았을 것이다. 동거에서 석 달은 고비다. 가족도 기실 처음부터 맞았던 게 아니라 포기할 건 포기하면서 서로에게 맞춰 살다 보니 가족 특유의 생활습관이 자리 잡고 다른 사람보다 편해진 게 아닐까?

덕분에 나는 살인적인 월세를 자랑하는 서울에서 정기적인 월급 없이도 셋이 나눈 적은 월세를 내며 잘 살고 있다. 요즘은 집으로 돌아오는 길에 불이 환히 켜진 우리 집 창문을 올려다보며 "누가 들어와 있구나!" 하면서 행복해 한다. 남산 꼭대기의 버스 안에서 따뜻한 불빛을 보며 지상의 방 한 칸을 바랐던 처자의 꿈은 이렇게 이루어졌다.

세상에서 가장 사치스러운 독서

직장인들에게 여행은 스트레스를 풀 수 있는 좋은 기회다. 하루를 버티는 힘이 점심시간에 있다면, 1년을 버틸 수 있는 힘은 여름 휴가에서 나오는지도 모르겠다. 여행은 스케줄을 짜고 여행 가방을 챙기는 동안에는 설레다가 정작 실제로 여행을 할 때는 기대보다 힘들고 불편할 때가 많다. 모자라는 예산과 짧은 날짜에 맞추자니 종일 발이 부르트도록 걸어야 하고, 함께 간 사람과 마음이라도 맞지 않으면 일정 전체가 삐거덕거리기도 한다. 하지만 돌아오는 비행기 안에서부터 우리는 그곳이 그립다. 지나고 나면 나쁜 기억은 휘발되고 좋았던 기억밖에 남지 않는다. 그래서 사람들은 끊임없이 여행을 떠나는지도 모르겠다.

소설가 김영하는 "가장 비싸지만 효과적인 독서는 그 책의 배경이 되는 곳에 가서 책을 읽는 것"이라고 했다. 영국 요크서 언덕에서 바람을 맞으며 《폭풍의 언덕》을 읽으면 얼마나 멋질까? 베를린 장벽 앞에서 읽는 《추운 나라에서 돌아온 스파이》는 얼마나 강렬할까? 상상만 해도 기분이 좋아진다. 그때부터 나에게도 여행자의 로망이 생겼다.

'나도 여행지에 가서 그곳이 배경인 소설을 읽겠어!'

그전까진 가이드북을 챙겼다면, 그때부턴 여행지에 챙겨갈 소설 고르기에 골몰했다.

나를 앙코르와트로 이끈 것도 실은 김영하의 소설이다.

나무가 무섭습니다. 당신의 말에 승려는 웃는다. 거대한 석조 불상의 틈새에 자신의 뿌리를 밀어넣어 수백 년간 서서히 바수어온 나무를 보며 승려는 반문한다. 나무가 왜 무서운가? 이곳의 나무들이 불상과 사원을 짓누르며 부수어나가는 것이 두렵습니다. 승려는 보시 음식을 싼 기름종이를 다시 바랑에 집어넣으며 자리에서 일어섰다. 나무가 돌을 부수는가, 아니면 돌이 나무 가는 길을 막고 있는가. 승려는 뿌리에 휘감긴 불상을 향해 합장을 하며 말을 이어간다.

세상 어디는 그렇지 않은가. 모든 사물의 틈새에는 그것을 부술 씨앗들이 자라고 있다네. 지금은 이런 모습이 이곳 타프롬 사원에만 남아 있지만 불과 몇십 년 전까지만 해도 밀림에서 뻗어나온 나무들이 앙코르의 모든 사원을 뒤덮고 있었지. 바람이 횡 하니 불어와 승려의 장삼을 펄럭였고 당신의 땀을 증발시켰다. 승려의 말은 계속 이어진다. 그때까지 나무는 두 가지 일을 했다네. 하나는 뿌리로 불상과 사원을 부수는 일이요, 또 하나는 그 뿌리로 사원과 불상이 완전히 무너지지는 않도록 버텨주는 일이라네. 그렇게 나무와 부처가 서로 얽혀 9백 년을 견뎠다네. 여기 돌은 부서지기 쉬운 사암이어서 이 나무들이 아니었다면 벌써 흙이 되어버렸을지도 모르는 일. 사람살이가 다 그렇지 않은가.

김영하의 소설집 《엘리베이터에 낀 그 남자는 어떻게 되었나》에 수록된 중편소설 〈당신의 나무〉는 정신과 상담의와 그에게 상담을 받았던 여자가 서로 사랑하다 헤어지는 이야기다. 여자의 집착에 괴로워하던 남자는 나무와 사원이 뒤엉켜 9백 년을 견딘 앙코르와트의 유적지 타프롬에서 자신을 부수었다고 생각했던 그녀가 어쩌면 자신을 버텨주었던 건지도 모른다는 사실을 깨닫게 된다.

이미 영화 〈툼레이더〉의 배경으로 유명했던 타프롬. 사진을 통해 사원과 나무가 뒤엉킨 광경을 보기도 했지만, 영화도 사진도 나를 끌어당기지는 못했다. 그런데 김영하의 소설을 읽고 마음이 움직였다.

실제로 앙코르와트에 가서 본 타프롬은 내가 상상했던 것처럼 신비롭고 매력적인 곳이 아니라 신비로움이 지나쳐 무서운 느낌을 주는 곳이었다. 거대한 폐허 속에서 그토록 커다란 나무를 태어나 처음 본 나는 무서워서 오금이 저렸다. 만진다고 무슨 일이 일어나는 것도 아닌데 거대한 구렁이의 몸피를 닮은 나무뿌리를 차마 건드릴 수 없었다. 건드리면 굵은 나무가 꿈틀꿈틀 기어와 나를 칭칭 옭아맬 것만 같았다. 이런 폐허와 나무뿌리를 보면서 서로를 갉아먹고 지탱해주는 연인에 관한 글을 쓰다니 놀라웠다.

앙코르와트가 〈당신의 나무〉를 압도하는 경험으로 남은 반면 터키 여행에서 나는 최고의 독서 사치를 누렸다. 생애 최초의 터키 여행을 앞두고 노벨상을 수상한 터키 작가 오르한 파묵의 소설을 읽을 것인가, 아니면 다른 작가를 골라볼 것인가 고민하며 도서관에 갔다. 터키 소설은 생각보다 여러 종류가 있었고, 그중에서 《독사를 죽였어야 했는데》를 고른 이유는 책이 얇아서 짐이 되지 않을 것 같은 데다 손을 덜 타서 표지가 깨끗했기 때문이다. 때로 인생의 책을 이런 사소한 이유로 만나기도 한다.

터키의 국민작가 야샤르 케말이 쓴 《독사를 죽였어야 했는데》에는 두 편의 소설이 실려 있다. 첫 작품이자 표제작 〈독사를 죽였어야 했는데〉는 '세상에서 가장 아름다운 어머니를 둔 아들이 왜, 어쩌다가 어머니를 제 손으로 죽이게 되었나'에 관한 이야기다. 이슬람 사회에 만연한 명예살인을 소재로 썼다. 친족사회의 숨 막히는 답답함과 사춘기 소년을 몰아가는 압력, 그 압력에 대한 소년의 심리를 섬세하게 써내려간 이 소설을 통해 터키에서 명예살인이 어떻게 저질러지는지 어렴풋이 알게 되었다.

터키에 가서 놀란 점 중 하나는 히잡을 쓴 여성들도 연애를 한다는 사실이었다. 우리나라에서 머리로만 생각할 때 이슬람 사회란 여성을 남성의 소유물로 여기는 곳이니 부모가 짝지어주는 사람에게 시집가서 살 것 같은데, 실제로 와서 본 터키는 에너지가 넘쳐흘렀고 그중에서도 여자와 남자가 연애하는 에너지는 세계 어디에 내놔도 부럽지 않을 정도였다. 카파도키아에서 내게 사진을 찍어달라며 'SAMSUNG' 로고가 선명하게 박힌 핸드폰을 내밀던 남녀 커플이 있었다. 애인의 어깨를 끌어당겨 포즈를 취하던 남자 옆에서 수줍게 웃던 여인의 히잡은 구속복이 아니라 트렌디한 패션 아이템으로 보였다.

하지만 연애 에너지로 가득 찬 관광지를 떠나 관광버스 안에서 책을 열면 명예살인의 세계가 눈앞에 펼쳐졌다. 소설 속 이야기가 이슬람 사회의 현실인지, 내가 보는 것이 현실인지 혼란스러웠다.

지금에 와서 생각해보면 연애는 어떤 시대, 어떤 사회에도 존재한다. 도포 입고 쓰개치마 썼다고 우리 조상들이 연애를 안 했던 게 아니니 히잡을 썼다고 연애하지 않을 거라는 생각은 내 좁은 편견일 뿐이었다. 여행을 하기 전의 나는 내 기준의 편견으로 터키를 봤던 셈이고, 여행하며 실제의 터키를 만나 그 편견이 깨졌지만 연애의 달콤함은 짧은 순간 스쳐 지나가는 여행객의 시선에 잡힌 현실의 일부일 뿐, 그 이면에 명예살인과 친족제도가 존재하고 있다는 사실을 소설이 일깨워주었다. 눈에 보이지 않는 현실의 이면을 보여준 소설이다.

두 번째 작품 〈아으르 산의 신화〉를 읽을 당시 나는 동부 아나톨리아 쪽으로 하루에 대여섯 시간씩 버스를 타고 달리고 있었다. 차창 밖으로 지나가는 풍경과 소설 속의 아으르 산에 대한 묘사가 어우러져 잊을 수 없는 작품이 되었다. 아으르 산은 노아의 방주가 걸린 아라랏 산의 다른 이름이다.

터키의 산과 자연은 '광활하다'라는 단어를 풍경으로 옮겨놓으면 이런 모양이라고 웅변하는 것 같다. 산맥이 병풍처럼 서 있는 우리나라의 산과 달리 망망대해 같은 평원에 가끔씩 나타나는 거대한 바위산은 미처 준비하지 못한 마음에 쿵 하고 내려앉는다. 아침에 눈뜨자마자 저렇게 광활한 풍경을 보고 매일 저 너른 들판을 뛰어다니며 사는 사람이 한반도에서 태어나 사방이 산으로 막힌 곳에서 눈뜨고 잠드는 나와 같은 생각을 할 수 없는 건 당연하다. 그런 곳에서 태어난 문학이 한국 문학과 같을 수 없는 것도 당연하다.

〈아으르 산의 신화〉는 그 장중함이 터키의 자연을 닮았다. 현대적인 소설이라기보단 제목에 쓰인 대로 한 편의 '신화' 같고, 책을 읽는다기보단 이야기를 듣고 있는 듯한 느낌이 강하다. 책갈피 사이에서 터키 평원의 먼지바람이 느껴진다면 내가 오버하는 걸까?

청년 아흐멧의 집 앞에 멋진 말 한 마리가 찾아오면서 이야기가 시작된다. 인장이 수놓인 걸 보니 명망 높은 누군가가 잃어버린 말 같다. 아흐멧이 어떡할까 고민하자 삼촌 소피가 대답한다.

"너무 많이 생각할 것 없다. 말을 데려다가 저기 아래에 놓아줘. 말이 그래도 다시 찾아오면 한 번 더 데려다가 놓아줘봐. 이렇게 세 번만 해. 말이 그래도 다시 돌아오면 그때는 그 말이 네 것이라는 뜻이야. 그때는 말 주인이 성주든, 제후든, 오스만 제국의 왕이든, 아젬 왕이든, 쿄루오울루 제후이든, 제아무리 누군가 찾아온다고 한들 말은 돌려주지 않는 게 이 지방의 법도다. 네 목숨과 맞바꾸는 한이 있어도 절대 안 되는 법이야. 암, 그때는 우리가 나서서 못하게 할 거고."

그리하여 아흐멧은 말을 세 번이나 놓아주지만 말은 다시 돌아온다. 알고 보니 이 말은 마흐뭇 제후가 잃어버린 말이었고, 성미가 포악한 제후는 말을 가져간 아흐멧과 소피를 잡아들여 감옥에 가둔다.

제후의 딸 궐바하르는 감옥에 갇힌 아흐멧을 보고 첫눈에 반한다. 아흐멧이 갇혀 있던 40일 동안 궐바하르를 사랑하는 문지기 메모의 도움으로 두 사람은 사랑을 속삭이는 연인이 된다. 말만 데려오면 아흐멧을 풀어주겠다던 제후는 자신의 말을 번복한 채 사형을 지시하고, 궐바하르는 메모에게 '무엇이든 하겠다' 며 무릎을 꿇어 아흐멧을 탈출시킨다. 끝까지 포악하던 제후는 백성들이 들고일어나려고 하자 그제야 아흐멧을 인정하고 두 남녀의 결혼을 허락한다. 하지만 아흐멧의 의심으로 이 관계는 끝이 나고 만다.

"그럼, 뭘 준 거죠? 궐바하르. 대가로 무엇을 주고 내 목숨을 얻은 거지요? 그 사람과 내 목숨을 어떻게 맞바꾼 거예요?"

"아흐멧, 아무것도 준 게 없어요. 그 사람은 아무것도 원한 게 없다구요."

"그러고도 날 구해주었다?"

궐바하르가 말을 잘랐다.

"저도 말했죠. 원하는 건 뭐든지 다 줄 테니 당신 목숨만 구해달라구요. 근데 아무것도 요구하지 않았어요."

"당신이 원하는 건 뭐든지 주겠다고 했다구요? 그래요?"

"그래요. 그렇지만 메모는 아무것도 원하지 않았어요."

두 사람은 입을 다물었다.

불꽃이 서서히 꺼져가고 있었다. 이제 모든 것이 끝난 것이다.

험난한 미션들을 힘겹게 하나씩 헤쳐나가며 겨우 사랑이 이루어지려고 할 때, 그 사랑을 망치고 마는 인간의 어리석음이라니!

만약 한국의 도서관이나 내 방에서 이 소설을 읽었더라면 어땠을까? 아으르 산과 쿱 호수에 대한 묘사는 건성건성 지나쳤을 것이고, 왜 이렇게 등장인물들이 중구난방으로 툭툭 튀어나오느냐며 툴툴대다 끝에 가서야 이야기의 묘미를 알게 되었겠지. 다행히 터키에서 이 책을 읽게 되어 소설 속에 나온 묘사 하나, 문장 하나 허투루 흘리지 않고 꼭꼭 씹어 맛볼 수 있었다. 역시 최고의 독서는 그 소설이 탄생한 곳에 가서 읽는 것이다.

터키에서 이스탄불의 화려한 모스크도 봤고, 소금호수와 파묵칼레의 석양도 봤고, 예쁜 도자기가 빼곡한 바자르에서 쇼핑도 했지만 '터키'라는 말을 들으면 가장 먼저 머릿속에 떠오르는 것은 끝없이 펼쳐지던 아나톨리아 지방의 황량한 평원과 바위산이다. 그것은 전적으로 터키 여행의 멋진 파트너였던 《독사를 죽였어야 했는데》 덕분이다. 스토리와 연계되면 기억은 견고해지는 법이니까.

다음 여행지에서는 어떤 소설을 읽게 될까? 여행의 설렘이 하나 더 늘었다.

지친 목요일,
속마음을 꺼내 읽다

《론리 하트》, 조민희 지음, 생각의나무
《내가 버린 여자》, 엔도 슈사쿠 지음, 이평춘 옮김, 어문학사
《나는 아내와의 결혼을 후회한다》, 김정운 지음, 쌤앤파커스
《아르헨티나 할머니》, 요시모토 바나나 지음, 김난주 옮김, 민음사
《남자는 떠나도 일본어는 남는다》, 조정순 지음, 에디선더블유

#2 관계

· · ·

서른에도 어렵고 마흔에도 숙제인

막내를 사랑하는 법

"원래 언니들은 끊임없이 주는 거예요."

어느 모임에서 알게 된 언니가 밥값을 내려는 나를 제지하고 자신의 신용카드를 내밀며 이렇게 말했다. 언니에게는 '밥값은 내가 내겠다'는 뜻이었겠지만, 나에게는 위화감이 느껴지는 말이었다.

언니들은 끊임없이 주는 존재인가? 그럴 리가! 언니들은 그런 존재가 아니다. 그냥 동생보다 몇 년 일찍 태어난 사람일 뿐이다. 맏이로 태어난 나는 이런 말에 예민하다. 그리고 이런 말을 생각 없이 쓰는 사람들을 경계하는 편이다. 왜냐하면 그 사람들은 대체로 막내들이고, 막내들과 나는 한마디로 정의 내리기 힘든 애증의 관계를 형성하기 때문이다.

나는 맏이다. 모든 맏이가 그런지는 모르겠지만 내 주변에는 막내들이 많이 꼬인다. 나와 친하게 지내는 사람이나 나를 좋아해주는 사람 중에는 막내가 많다. 후배와 친구들은 물론 나보다 연배가 높은 사람들도 그렇다.

이제까지 경험한 바에 의하면 막내들만큼 나를 힘들게 한 사람들이 없다. 연애를 할 때도, 친구를 사귈 때도 감정의 정도를 시험하거나 감정적으로 혹사시키는 사람들은 대부분 막내들이었다. 경험할 당시엔 '케이스 바이 케이스'라 몰랐지만, 나중에 나를 괴롭힌 이 사람과 저 사람을 연결지어봤더니 그들의 공통점은 '집에서 막내'였다.

그렇다 보니 나는 세상 사람들을 막내와 맏이, 그리고 나머지 사람들로 구분하는 습관이 생겼다. 사람들은 모두 자신의 경험을 토대로 사람들을 나눈다. 누구는 경상도 출신과 전라도 출신으로 가르고, 누구는 자수성가형과 유복한 집안 출신으로 나누고, 누구는 혈액형으로 분류한다. 나는 태어난 순서가 사람의 성격에 미치는 영향이 가장 크다고 생각한다.

나와 평화로운 관계를 유지하는 사람은 대부분 둘째들이다. 둘째들의 이야기를 들어보면 맏이와 막내에게 부모의 관심을 빼앗긴 자들이라 눈치가 빠르고 세상 살아가는 이치를 알며 성격이 모나지 않아서 그렇다고 하는데, 그 말이 사실인지는 모르겠지만 둘째들과는 별로 속 썩을 일 없이 평화롭게 공존한다. 한편 맏이는 맏이끼리 통하는 면이 있어 금방 친해지고, 한번 친해지면 굉장히 친밀한 사이가 된다. 그런데 불행하게도 맏이와의 관계에는 약점이 있다. 쿵짝이 맞을 때는 좋은데, 뭔가 하나 수틀리면 관계가 끝나는 경우가 많다. 나도 맏이고 상대도 맏이다 보니 누가 먼저 고개 숙이고 들어가질 않는다. 그렇게 각자 고집을 부리다가 결국 서먹해진다.

막내들은 나를 좋아한다. 나도 막내를 좋아한다.

세상의 막내들은 매력적이다. 애교도 있고, 사교성도 있고, 이야기를 나누어보면 시간 가는 줄 모르게 재미있다. 그런 매력적인 사람이 날 좋아해주니 관계는 급속도로 가까워진다. 근데 가까워지기 시작하면서부터 문제가 생긴다. 너를 좋아한다는데도 그 좋아하는 정도가 막내들의 성에 차질 않는 것이다. 언제나 "넌 왜 내가 널 좋아하는 것보다 날 더 좋아해주지 않는 거야?"라는 태도로 사람을 다그친다. 그때부터 나는 지친다. 그러면 막내는 삐친다. 지쳐서 그만두고 싶어질 때쯤이면 귀신같이 알아채고 잘해준다. 그래서 좀 참아볼까 싶으면 또 신경질을 내고 앙탈을 부린다. 내내 그 모양이다.

사람과의 관계가 평화롭기를 바라는 내 입장과 관계에서 주도권을 쥐고 더 사랑받길 바라는 막내의 입장은 항상 충돌한다. 그렇다고 놓을 수도 없고 버릴 수도 없는 사람들, 언제나 나를 쥐락펴락하는 사람들이다. 그렇게 괴로우면 안 만나면 그만인데 어쩐 일인지지지고 볶으면서 끝까지 관계를 이어가게 된다.

그들에게는 여러 가지 공통점이 있지만, 그중 대표적인 공통점을 2개만 든다면, 첫 번째는 어떤 막내도 자신이 일반적인 막내라고 생각하지 않는다는 점, 두 번째는 자기 연민이 강하다는 점이다.

나는 맏이 치고는 딱히 맏이 노릇 하는 것이 없다. 하지만 이런 허술한 맏이일지라도 막내들이 입버릇처럼 "나는 서열만 막내이지 언제나 집에서 맏이 노릇을 했다"는 이야기를 할 때면 빙그레 웃음이 난다. 이야기를 들어보면 나름대로 고생은 했지만, 대체로 자신이 희생한 것만 기억하지, 받은 건 기억하지 못할 때가 많아서다. 찬찬히 따져보면 자신이 희생한 만큼 다른 가족들도 희생했는데, 자신이 가장 고생했다고 느낀다. 자기가 제일 불쌍하다는 생각, 이것이 빼도 박도 못하는 막내들의 공통점이다. 바로 그런 생각을 하기 때문에 그가 막내인 것이다.

한때 나는 그들의 자기 연민이 그토록 싫을 수가 없었다. 듣기 좋은 꽃노래도 한두 번이지, 자신의 고생담을 친언니도 아닌 내가 친언니처럼 들어야 할 때면 '내 동생도 어디 가서 저렇게 내 흉을 보고 있겠지' 싶어 마음이 불편했다. 처음에는 위로해주다 나중에는 세상에 그 정도 힘들지 않은 사람이 어딨느냐고 윽박질러 그들의 마음을 상하게 했다. 그런 푸념이 먹혀들지 않으면 그들은 급기야

"내가 지금 당장 죽는다고 해도 너는 눈도 깜짝 안 할 거야. 내가 죽어도 아무도 울어주지 않을 거야"라는 말로 억장을 무너뜨렸다. 그런 말을 들을 때마다 '너에게 나는 죽어도 눈물 한 방울 흘려주지 않을 비정한 사람으로 보이는구나' 싶어서 마음이 아프고, 이제까지 쌓아온 관계가 허무해졌다. 남들이 보기엔 싸움도 가지가지한다 싶겠지만 당하는 입장에선 심각하다.

언젠가는 약속이나 한 듯이 죽는 걸로 유세하는 막내를 연달아 두 번이나 만나고 기가 막혀서 '도대체 왜 그런 말로 사람에게 상처 입힐까' 물어보니 누군가 쿨하게 대답해주었다.

"그런 말 하는 사람 치고 진짜 죽고 싶은 사람 없어요. 상대방 마음 떠보려고 그러는 거니까 너무 걱정하지 마세요."

나는 그제야 안도할 정도로 마음이 약해져 있었다.

처음 보는 작가인데 책날개의 작가 사진이 배우 배두나를 닮아서 흥미를 가지고 읽기 시작한 소설집 《론리 하트》. 그럭저럭 읽어가다가 〈우리들의 작문 교실〉이라는 중편소설에서 눈이 번쩍 뜨이는 구절을 발견했다.

"그래. 내가 위니를 내놓을게. 너는 롤러를 내놔."

"왜 그런 멍청이 짓을 해야 하니? 각자 좋아하는 걸 갖고 있으면서도 얼마든지 잘 지낼 수가 있잖아. 나는 롤러를 타고 너는 위니 노릇을 하고. 그러면서도 얼마든지 친하게 지낼 수 있잖아."

"정말 좋아하는 사람이 싫어하는 거라면 좋아하는 걸 내버릴 수도 있잖아."

나는 말문이 막혔다. 그런 식으로는 생각해본 적이 없었기 때문이다. 내가 좋아하는 것을 하나도 잃지 않고, 내가 싫어하는 일은 하지 않으면서 모든 사람과 잘 지낼 생각만 했었다. 특별히 소중한 한 사람 때문에 좋아하는 것을 포기해야 할지도 모른다는 생각 같은 것은 해본 적도 없었다.

엄마와 단둘이 사는 4학년 이은아는 롤러브레이드를 타는 소녀다. 은아에게는 본명 대신 '위니' 라는 이름으로 불리기를 원하는 단짝 친구가 있다. 하지만 은아는 위니를 그다지 좋아하지 않는다. 단짝이긴 하지만 '나 아니면 누가 너랑 놀아주겠니?' 라는 태도로 위니를 은근히 깔본다. 언제나 껌딱지처럼 붙어 다니던 위니가 어느 날 은아에게 롤러브레이드를 내놓으라고 요구한다. 세상에서 가장 소중한 롤러브레이드를 내놓기 싫은 은아는 그렇다면 너도 가장 소중하게 생각하는 동화책 속 '위니' 라는 이름을 내놓으라고 공격한다. 위니는 은아와 달리 너를 위해서라면 내놓겠다고 대답한다.

위니와 은아의 갈등을 보면서 내가 왜 막내들과 불화했는지 불현듯 깨달았다. 나는 내가 싫어하는 일은 하지 않으면서, 내가 좋아하는 것을 잃지 않으면서 잘 지낼 생각을 하고 있었는데, 막내들은 하나같이 내가 가장 소중하게 생각하는 걸 자기를 위해 내놓으라고 요구했다. 나는 언제나 은아처럼 대답했다. "각자 좋아하는 걸 하면서도 잘 지낼 수 있잖아"라고. 그러면 그들은 말했다. "날 위해 그것도 못 하니?"라고.

나는 상대방을 배려해 선택을 강요하지 않았는데, 왜 항상 상대방은 나에게 힘든 선택을 강요하는 걸까? 도무지 이해 못할 심술보였다. 그리고 나중에서야 알게 되었다. 그들은 내가 요구하지 않아서 서운해 했었다는 사실을.

각자 좋아하는 걸 갖고 있는 채로 잘 지낼 수 있다는 나의 말은 맞다. 하지만 정말 사랑하는 사람을 위해서라면 좋아하는 걸 버릴 수도 있다는 위니의 말도 너무나 맞는 말이다. 그런 일이 없다면 좋겠지만 사랑하는 사람이 뭘 내놓으라고 요구할 때가 분명히 있다. 내게 중요한 걸 절대로 버리지 않으려고 고집을 피우다간 아무도 사랑하지 못하게 될지 모른다. 또는 사랑한다는 말을 아무도 믿어주지 않을지도 모르고. 앞으로 스물셋이 되고 서른셋이 되어도 사랑하는 사람들은 자꾸만 증명해 보이라고 요구할 것이다. 그건 정말 무섭다. 사랑하는 사람이 뭔가를 내놓으라고 요구하면 만사 끝이기 때문이다. 그 이유 같은 걸 따지며 싸우기에는 이미 늦은 거다. 사랑하는 걸 증명하기 위해 내놓으라는데, 그걸 내놓지 않고 말로 잘 설득해서 사랑하는 걸 믿게 할 도리는 없다.

그러니까 나를 괴롭혔던 막내들은 본능적으로 사랑의 본질이 뭔지 아는 사람들이었다. 상대방의 마음속에서 1등 자리를 놓치고 싶어하지 않는 그들과 내 마음속 1등 자리는 숨겨놓고 잘 지내보자고 하는 나는 갈등할 수밖에 없었던 것이다. 자꾸 너의 사랑을 증명해보라고 하는 그들에게 난 내 밑바닥을 보이기 싫었다. 하지만 밑바닥을 보여주지 않고 관계는 발전하지 않는다.

소개팅남과 몇 번을 만났는데도 친해지지 않아서 막내인 어떤 언니에게 "사람 애먹이는 스타일은 아닌데, 재미가 없어요"라고 푸념을 늘어놓았더니, 언니가 말했다.
"애먹이지 않으면 그게 연애니?"
뒤통수를 후려치는 강력한 깨달음이 왔다. 나는 연애가 아니라 그저 데이트를 하고 있었던 거다. 언니의 말을 듣고 나는 미련 없이 그 남자와의 관계를 정리했다. 내게 필요한 건 데이트가 아니라 연애였으니까.

자꾸 너의 사랑을 증명해보라고 하는 그들에게
난 내 밑바닥을 보이기 싫었다.
하지만 밑바닥을 보여주지 않고 관계는 발전하지 않는다.

'애먹인다'가 사랑의 방식이라는 걸 알고 있는 사람들. 그래서 세상의 막내들은 모순덩어리이자 매력덩어리이다. 그리고 그것이 강력한 무기라는 걸 누구보다 잘 아는 사람들이 막내들 그 자신이다. 미운 정, 고운 정이란 말이 그냥 생긴 게 아니다. 지지고 볶고 애먹이면서 관계는 성숙한다. 내 옆에 막내들이 가장 끝까지 남아 있는 이유도 바로 그래서다.

더 사랑하는 자가 약자

《바람과 함께 사라지다》를 처음 읽은 건 중학교 2학년 때다. 당시 유행하던 만화 《아카시아》를 봤는데, 이 만화에 등장인물들이 《바람과 함께 사라지다》를 연기하는 장면이 있었다. 만화 자체의 내용보다 소개된 《바람과 함께 사라지다》의 내용이 더 흥미로워서 찾아 읽게 되었다. 재미있어서 세 번이나 반복해서 읽었다.

그리고 고등학교에 들어갔다. 같은 반에 글을 잘 쓰는 문학소녀가 있었다. 그 아이도 책을 좋아해서 둘이 책 이야기를 자주 했는데, 어느 날 그 아이가 물었다.

"《바람과 함께 사라지다》 읽어봤어?"

나는 의기양양하게 대답했다.

"그럼! 세 번이나 읽었는걸."

"원작으로?"

나는 멈칫했다. 집에 원작이 있긴 한데 민중서관에서 나온 이희
승 판 국어대사전과 맞먹는 두께에 깨알 같은 세로글씨라 펼쳐볼
엄두를 내지 못했고, 결국 원작을 10분의 1 정도로 줄여놓은 다이
제스트 판으로 읽었던 거다.

"나는 원작으로 일곱 번 읽었어."

그 아이의 말에 깜짝 놀랐다. 다이제스트도 아니고 원작을 일곱
번이나 읽다니! 비교가 안 되는 게임이었다. 나는 오기가 나서 그
해 여름방학 내내 국어대사전만큼 두꺼운 《바람과 함께 사라지다》
를 펼쳐놓고 방에서 뒹굴었다. 엄마는 엎어져 있는 내게 "아이고,
제발 공부를 하든지 나가 놀든지 해라"면서 등허리를 때렸다. 한
달 내내 방바닥을 헤엄쳐 다닌 끝에 나는 '《바람과 함께 사라지다》
를 원작으로 읽었다'는 말을 할 수 있게 되었다.

그 여름 내내 방바닥을 배로 쓸고 다니며 《바람과 함께 사라지
다》를 읽고 알게 된 것은 뭐였나? 바로 사랑에 대한 모든 것이었다.

주인공 스칼렛 오하라에게는 두 남자가 있다. 자신이 좋아했으
나 사촌 멜라니와 결혼해버린 이상주의자 애슐리 윌크스와 자신을
좋아한 돈 많은 속물 레트 버틀러가 그들이다. 남북전쟁이 벌어지
고 아물어가는 긴긴 시간 동안 스칼렛은 애슐리만 바라보고 레트
에게는 냉랭하게 대한다. 하지만 레트는 유들유들 웃으며 그녀에

게 돈을 빌려주고, 옷을 사주고, 스칼렛이 돈 때문에 자신과 결혼한 다는 사실을 알면서도 미망인 처지의 그녀와 기꺼이 결혼한다. 스칼렛은 자신과 똑 닮은 딸을 낳고, 레트는 그 딸에게 온갖 정성을 쏟지만 말을 타던 딸은 낙마하여 죽고 만다. 애슐리의 부인 멜라니가 병으로 죽고 나서야 멜라니 없는 애슐리는 허수아비였다는 사실을 깨달은 스칼렛이 레트에게 돌아오지만 이미 늦었다. 딸을 잃어버린 레트는 스칼렛에게 마음이 떠났고, 더불어 몸도 떠나버린다.

이 책에서 배운 교훈이 있다면 사랑은 마음만으로 성공할 수 없다는 것이다. 스칼렛의 마음은 온통 애슐리를 원했지만 몸의 상황은 여의치 않았다. 그녀에게 먼저 키스한 것도 레트였고, 함께 밤을 보낸 것도 레트였다. 물론 애슐리가 스칼렛을 허락했다면 그럴 리 없었겠지만, 어쨌든 현실은 그렇게 흘러갔고, 결국 스칼렛이 마지막에 좋아하게 된 사람은 레트다. 나는 영화나 드라마를 볼 때 섹스에 즐기는 것 이상의 의미를 붙이지 않는 쿨한 주인공들을 믿지 않는 편인데, 그 연원을 찾아보면 끝에 가닿는 것이 《바람과 함께 사라지다》였다. 몸이 가는 곳에 마음도 간다는 것을 열일곱 살부터 터득하고 있었던 셈이다.

이보다 더 크게 배운 교훈은 동서고금의 진리인 '더 사랑하는 자가 약자'라는 사실이다.

레트는 왜 그런 멸시를 받으면서도 스칼렛의 곁을 지켰을까? 더 사랑하는 자였기 때문이다.

책을 읽은 후 강하고 매력적인 스칼렛은 나의 롤 모델이 되었고, 최소한 사랑에 있어 약자가 되지는 말자는 생각으로 나는 연애를 할 때마다 '더 사랑하는 자가 약자'라는 말을 되새기며 강자가 되려고 노력했다. 애인의 전화 한 통을 받기 위해 하루 종일 어디 나가지도 못하고 전화기 앞의 망부석이 되어 있는 친구나 우리와 만나고 있다가도 전화 한 통에 쪼르르 애인에게 달려가는 친구를 보며 연애는 그렇게 하는 게 아니라고 혀를 쯧쯧 찼다. 그런 태도는 나의 자존심을 지켜주기도 했고, 나의 가치를 올려주기도 했다. 연애도 전략이라면 《바람과 함께 사라지다》가 가르쳐준 방법은 효과적이었다.

강자로 군림했던 나는 어느 날 관계의 역전을 경험했다. 10년을 만나는 동안 한결같이 "왜 나를 더 사랑해주지 않느냐"고 애걸복걸하던 남자친구가 어느 날 사진 속에서 처음 보는 여자와 웃고 있었다. 이 관계는 내가 헤어지자고 함으로써 끝나는 거지, 그가 날 내칠 수도 있다는 생각을 손톱만큼도 해보지 못한 나는 충격을 받았다.

처음엔 자존심이 상해서 '쿨하게 받아들이자'고 다짐했지만 그럴 수가 없었다. 이 기회가 지나가면 완전히 끝난다는 생각에 다급해진 나는 10년 동안 한 번도 해본 적 없었던 말, 하지만 마음속으로는 언제나 품고 있었던 "항상 너에게 고마웠고, 너 때문에 행복했다"는 말을 했다. 그리고 다시 시작하게 된다면 잘하겠다는 말도 했다. 물론 때는 늦었다. 그런다고 그가 나에게 돌아올 리 없었다. "내가 좀 바보스럽게 널 좋아했지" 하며 흐흐거리더니 그 여자에게로 떠나버렸다.

그런데 어쩐 일인지 나는 홀가분해졌다. 자존심을 세우고 계산을 하면서 밀고 당기는 것이 무척 피곤한 일이었다는 걸 깨닫게 된 거다. 언제나 받아오던 입장이다가 처음으로 자존심을 내려놓고 매달려보았는데, 그게 상상하던 것과 달리 그리 비참하지 않았다. 나는 그때서야 '사랑받는다'는 수동형이고, '사랑한다'가 능동형이라는 걸 깨달았다. 그리고 관계에 있어 시작과 끝은 능동형이 결정한다는 것도 알게 되었다. 그러니까 나는 그때까지 《바람과 함께 사라지다》를 잘못 읽고 있었던 것이다. 스칼렛은 자존심을 세우고 자신이 원하는 대로 남자를 이용했지만 강자가 아니었다. 둘의 관계를 시작했던 것도, 끝냈던 것도 레트였다.

약자가 말 그대로 약자는 아니라는 사실을 더욱 확실하게 알려준 소설이 《내가 버린 여자》이다. 대학생 요시오카는 잡지 펜팔란을 통해 미츠와 편지를 주고받다가 어느 날 그녀를 만나 허름한 여관에서 하룻밤 잔다. 미츠는 요시오카에게 순정을 다 바치지만 요시오카는 그 시대의 많은 남자들이 그랬듯이 미츠를 버리고, 취직

사랑받는 자의 숙명.

사랑하는 자는 자신이 관계를 시작해서 끝낼 수 있지만,

사랑받는 자는 시작하는 것도 끝내는 것도 상대편의 처분을 기다려야만 한다.

한 회사의 사장 딸과 결혼하여 새 삶을 꾸린다. 세월이 흘러 미츠의 죽음을 알리는 수녀님의 편지를 받게 되는 요시오카. 그때서야 그는 깨닫는다.

나는 몰랐다. 우리 인생에 있어 타인에게 끼친 행위는, 어느 것이건 태양 아래 얼음이 녹듯이 그렇게 사라지지 않는다는 사실을. 우리가 그 상대에게 멀어져 전혀 생각지 않게 되더라도, 우리의 행위는 마음속 깊이 흔적을 남긴다는 점을 몰랐던 것이다.

천성이 착하고 어려운 사람을 지나치지 못하는 미츠는 제약회사에 다니다가 그 천성 덕분에 터키탕, 파칭코를 전전하게 되고, 결국 한센씨 병 진단을 받아 요양소로 들어간다. 다행히 오진이었음이 판명되지만 이미 이곳 사람들의 어려움을 목격하게 된 미츠는 요양소에 남아 헌신적으로 봉사하다가 교통사고로 죽는다.

처음 내가 이 소설을 읽었을 때는 미츠의 미련하고 답답한 성격에 가슴을 여러 번 쳤다. 이런 여자가 주변에 있다면 그녀의 손을 잡고 "인생 그렇게 살지 마라. 좀 이기적으로 살아도 된다"고 진심으로 충고했을 것이다. 그렇다고 그녀가 내 말을 들었을 리 없고, 나는 결국 그녀와 멀어졌겠지. 요시오카처럼.

그렇게 여주인공에게 갑갑증을 느끼며 책을 읽던 나는 출근길

지하철 안에서 마지막 수녀님의 편지를 읽으며 눈물을 뚝뚝 흘렸다. 이 미련덩어리에게 두 손 두 발 다 들게 된 것이다. 제3자의 눈으로 봤을 때야 미츠가 미련퉁이지만 미츠 자신은 평생 요시오카에 대한 순정을 가슴에 품고 살았기에 행복했을 것이다. 그런 그녀에게 누가 약자라고 할 수 있으랴. 오히려 이제부터 죽을 때까지 미츠를 평생 잊을 수 없게 된 요시오카가 약자일지도 모른다. 그게 사랑받는 자의 숙명이다. 사랑하는 자는 자신이 관계를 시작해서 끝낼 수 있지만, 사랑받는 자는 시작하는 것도 끝내는 것도 상대편의 처분을 기다려야만 한다.

〈씨네21〉의 김혜리 기자는 〈외출〉의 영화평에서 "치욕과 가책에 발목을 담그는 쪽이 주인공"이라고 했다. '사랑받는다'가 수동형이고 '사랑한다'가 능동형이라면, 주인공은 물론 능동형이다.

'더 사랑하는 자가 약자'라는 말이 액면 그대로의 '약자'는 아니라는, '치욕에 발목을 담그는 쪽이 주인공'이라는 말의 '치욕'이 자발적 치욕일 수도 있다는 연애의 비밀을 이제야 깨닫게 되었는데, 그래서 이제는 제대로 사랑할 수 있을 것 같은데, 불행히도 사랑할 대상이 나타나질 않는다. 개그맨 박명수의 말대로 너무 늦었다고 생각하는 그때가 진짜로 늦은 때인가? 이쯤에서 옛말 그른 것 없다는 깨달음이 온다. '인생은 타이밍'이었던 거다.

나는 왜 중년 남자와 불화하는가

《나는 아내와의 결혼을 후회한다》는 매우 재미있는 책이다. 제목이 끌어당겨서 읽게 되었는데, 학문적인 바탕에 유머가 넘친다. 프롤로그에 재미있는 실험이 나와 있다. 피험자들에게 삐삐를 채워주고 매시간 신호를 보낼 때마다 자신의 기분을 숫자로 매기도록 했더니, 30~40대 기혼 여성들의 그래프에 특이한 공통점이 나타났다. 기분이 좋다가도 어느 특정한 순간 기분이 곤두박질치는 경향이 보였던 것이다. 알고 보니 남편이 퇴근하고 돌아온 직후의 시간대였다.

옛날 우리 집에서도 밥상 퍼질러놓고 TV 보며 떠들며 늘어지게 앉아 있다가, 대문 밖에서 아빠의 가래침 뱉는 소리가 길게 들리면 전기라도 통한 듯이 화닥닥 일어나서 상 치우고, 방 치우고, 의관을 정제한 뒤 TV 끄고, 자매들이 군대에서처럼 일렬로 서서 다녀오셨

냐고 인사했던 기억이 난다. 매일 저녁 그 시간이 그렇게 싫을 수 없었다. 오죽하면 아빠가 술 마시고 내가 자는 동안 들어오기를 바랐을까.

다행히 나는 현재 마음 맞는 친구들과 살고 있다. 이 책의 기분 그래프에 관한 이야기를 해줬더니 동거인이 "나는 네가 퇴근해서 집에 오면 기분 좋아"라고 해서 어깨가 으쓱해졌다. 이만하면 결혼 생활보다 나은 동거 생활이 아닌가?

우리의 행복한 동거 생활을 증명해주는 것 외에도 이 책의 활용성은 뛰어나다.

나는 가끔 처음 보는 남자들과 싸울 때가 있다. 그럴 때마다 불편한 마음을 이 책을 보며 달랬다. '영원히 철들지 않는 남자들의 문화심리학'이라는 부제가 말해주듯 중년의 남자 문화심리학자가 우리나라 중년 남자들의 심리 상태가 어떻다는 것을 솔직하게 드러내놓고 이야기해주기 때문이다.

누군가의 소개로 출판사 관계자를 만나는 자리에서 처음 보는 남자와 다퉜다. 학교 다닐 때 운동권이었고, 그 덕분에 몇 년간 옥살이를 했고, 현재는 사회학 서적을 내는 출판사에 다니고 있는 그 남자는 운동권 출신의 전형답게도 술자리 내내 정치 이야기를 했고, 대통령을 욕했다. 나도 대통령을 썩 좋아하는 사람은 아니지만,

두 시간 내내 듣고 있자니 질렸다. 결국 나는 《장자》를 감옥 안에서 몇 번이나 읽었다는 그에게 "그래서 《장자》는 한 줄로 요약하면 어떤 내용인가요?" 물었고, "세상이 다 그런 거지"라는 선문답 같은 대답을 듣고 "그걸 뭘 《장자》씩이나 읽고 알아요? 그냥 살면 다 알아지는 거지. 세상 참 어렵게 사시네" 하는 말을 내뱉고야 말았다.

《장자》가 문제가 아니었다. 그걸 읽지 않은 사람을 무시하는 그 남자의 태도에 화가 났던 거다. 그는 사람 좋은 척 "옥살이가 무슨 훈장입니까? 이런 이야기 그만합시다" 손사래를 쳐놓고는 말끝마다 옥살이 경험을 끄집어냈다. 차라리 솔직하게 '난 내 옥살이에 자부심을 갖고 있다'고 했다면 그토록 짜증이 나진 않았을 것이다.

하지만 술자리의 다른 사람들은 나처럼 발끈하지 않았고, 나는 욱하는 나의 성질머리를 탓하며 '도대체 왜 이렇게 생겨먹었을까' 자책했다. 그 자책을 멈추어준 것이 이 책이다.

누군가와 대화를 하다가 기분 상하는 느낌이 드는 경우는 대부분은 이 '순서 바꾸기'가 망가졌을 때다. 상대방만 일방적으로 이야기하고 나는 듣고만 있어야 할 때, 기분이 상하는 것이다. 상대방에게 도무지 이야기할 순서는 물론, 반응할 기회조차 주지 않는 이런 종류의 실수는 스스로 도덕적으로 우위에 있다고 생각하는 이들에게서 주로 나타난다. 상대방을 계몽과 설득의 대상으로 여기기 때문이다.

시민단체나 봉사단체에서 일하는 사람들, 혹은 페미니스트나 환경단체에서 헌신적으로 일하는 이들과 대화하고 나면, 뭔가 뒤끝이 찜찜한 경우가 가끔 있다. 일방적으로 계몽만 당하다 왔다는 느낌 때문이다. 그들이 타인을 무시해서가 아니다. 자신의 도덕적 정당성과 자기 희생의 자부심이 상대방을 인정해야 하는 의사소통의 기본 원칙, 즉 '순서 바꾸기' 원칙을 망가뜨리기 때문이다.

최근 강의 뒤풀이에서 중년 남자에게 상처받았다. 나는 강사였고 그는 수강생이었는데, 뒤풀이 자리에서 자신을 대학교수라고 소개한 그는 나를 제자 취급하며 설교를 했다. 설교 말씀 중에는 "왜 두 시간 강의 중간에 담배 피울 시간도 안 주느냐?"는 앙탈도 있었지만 "경상도 억양을 고쳐라"라는 인권 감수성 제로의 발언도 있었다. 내가 표준어를 안 쓰는 것도 아니고, 단지 억양이 서울식이 아닐 뿐인데, 그런 말을 들어야 하다니 울컥 감정이 치밀어 올랐다.

꾹꾹 눌러 참고 있는데, 이번에는 내가 낸 책이 몇 권 팔렸냐고 묻더니 인터넷에 카페를 만들어서 관리하면 지금보다 최소한 3∼4배는 많이 팔 수 있을 거라고 충고했다. 내가 책을 팔기 위해 카페를 운영할 마음은 없다고 하자 "그게 다 배가 불러서 그런 거"라고 했다.

《장자》는 한 줄로 요약하면 어떤 내용인가요?"
"세상이 다 그런 거지."
"그걸 펼 《장자》씩이나 읽고 알아요?
그냥 살면 다 알아지는 거지. 세상 참 어렵게 사시네."

확 뚜껑이 열렸다.

"카페 운영하고 댓글이라도 달려면 최소한 하루에 두세 시간 투자를 해야 하는데, 그 시간을 글 쓰는 데 투자하고 싶어요. 나는 작가로 성공하고 싶고, 카페 때문이 아니라 내 글이 좋아서 책을 사는 독자를 만들고 싶어요. 그러니 내가 카페를 운영하지 않겠다는 이유는 배가 불러서가 아니라 긴 안목으로 볼 때 그편이 내게 이득이 되기 때문입니다."

나의 대답에 그는 고개를 끄덕였다. 하지만 진심으로 끄덕여준 건 아니었다. 주부들을 대상으로 책을 쓰고 싶다는 그에게 "사모님이 읽고 재미있다고 하면 그 원고는 합격점"이라고 말하는 순간 그의 표정을 보며 그가 내 말을 전혀 듣고 있지 않다는 걸 알아차렸다. 그 얼굴 위에는 '내 마누라가? 그 무지랭이가 내 전공을 이해나 할까?'라는 글자가 선명하게 지나갔다. 교수에다 부인을 무시하는 남자라니, 최악이었다. 술자리가 끝난 뒤 불쾌한 기분을 《나는 아내와의 결혼을 후회한다》가 정리해주었다.

입 꽁지가 처진 중년 남자들을 대상으로 하는 강연은 그래서 어렵다. 어떤 상호작용도 일어나지 않는다. 어떤 유머도 통하지 않는다. 도무지 자신들이 언제 반응해야 하는지 모른다. 아니, 알면서도 '반응하는 것'이 '쪽팔린다'고 생각한다. 존귀와 위엄을 갖춘 사람은 쉽게 웃거나 가벼이 반응하면 안 된다고 생각하기 때문이다. 불안한 존재들의 특징이다.

'감탄' 만이 동물과 다른 인간의 욕구라고 했던 저자는 우리나라 중년 남자들이 감탄을 잃어버림으로써 인생도 재미없어지고, 행복하지도 않으며, 사는 게 고달프고, 그러니 룸살롱에 가서나 위안을 얻는다고 진단한다. 중년 남자들과 달리 가장 리액션이 많고 강의하기 좋은 집단은 주부들이라고 한다. 아이를 키우면서 상호 교류와 감탄을 하는 훈련이 되어 있기 때문이다.

뒤풀이 당시에는 분노했고, 몇 주 동안 후유증이 있었지만, 나는 그 남자가 했던 말 중 옳은 말들을 받아들여 다음 강의 시간에 반영했다. 나는 입 꽁지가 처진 중년 남자가 아니니까. 남의 말을 들을 줄 아는 유연한 여자니까.

마지막으로 목욕 갔다 오는 길에 우리 집 앞에서 만난 아저씨 이야기를 해야겠다. 우리 빌라 출입문은 외부인을 막기 위해 비밀번호를 눌러야 열리도록 되어 있다. 낯선 아저씨 한 분이 출입문 앞에 서서 몇 번이나 틀린 번호를 누르더니 결국 인터폰 통화를 한 뒤 문을 열고 들어갔다. 나도 목욕바구니를 들고 뒤따라 들어갔다. 계단에서 그 아저씨가 나에게 "몇 호에 사느냐?"고 물었다. 대답을 하자, 서류를 내밀며 다짜고짜 사인을 해달라고 했다. 그래서 내가 "누구신데요?"라고 물었다.

그랬더니 아저씨가 길길이 뛰며 화를 내기 시작했다. 내가 도둑이라도 되는 줄 아느냐, 왜 사람을 위아래로 훑어보느냐, 주인집이랑 인터폰해서 문 열어주는 거 보지 않았느냐, 해주기 싫으면 말아라, 내가 이런 거 받으러 다닐 사람이 아니다, 난 당신이 사인 안 해줘도 아무 상관없다.

누구냐고 물었다가 불벼락을 맞은 나는 잠깐 얼이 빠졌다가 정신을 차리고 대꾸했다. 그럼 아저씨는 누군지도 모르는 사람한테 사인하느냐, 먼저 누구라고 이야기하는 게 예의 아니냐, 아저씨가 주인집이랑 인터폰을 했는지 다른 집이랑 인터폰을 했는지 내가 알 게 뭐냐, 알았다, 안 해줘도 된다고 했으니 사인하지 않겠다.

그러고는 올라와버렸다. 20대의 나라면 기세에 눌려 사인해주고 억울해 했겠지만, 나도 산전수전 겪을 만큼 겪었다. 그 정도 무례에 호락호락하게 꺾일 사람이 아니다.

당연히 여겨지는 어느 회사의 부장, 사장, 교수와 같은 내 사회적 지위는 당연한 것이 아니다. 내 본질과 상관없는 것들이다.
생각해보라! 도대체 언제까지 사장 할 것인가. 언제까지 교수일 것인가. 나는 어느 대학의 교수나 어느 위원회의 위원장이 아니다. 나는 슈베르트의 노래를 따라 부르며, 내 노래에 감동하여 눈물 흘리고, 아내의 관심이 조금만 식어도 쓸쓸해 하고, 하늘거리는 주름치마에 가슴 설레어 한다. 그게 진짜 나다.

교수라는 지위에 기대서 세상 사람들을 눈 아래로 보며 가르치려 드는 사람도 곤란하지만, 동사무소 직원이 뭐 어떻다고 "누구세요?"라는 질문에 화를 내며 자신의 콤플렉스를 드러내는 사람도 불쌍하다. 지위가 뭐라고 거기에 자신을 기대놓고 사는지 안타깝다.

사실 내가 어쩌다 한 번 만난 중년 남자를 걱정할 필요는 없다. 문제는 이런 일이 있을 때마다 '내가 눈초리가 사나운가?', '내가 불친절한가?' 쓸데없는 걱정을 하며 우울해진다는 사실이다. 그런 의문은 자존감에 상처를 내고, 그 상처는 회복이 더디다.

동사무소 아저씨를 만난 다음 날, 의기소침해진 내가 "나는 아무래도 중년의 남자들과는 사이좋게 지낼 수가 없나 봐"라며 고민을 토로했더니, 친구가 시크하게 대답했다.

"그 나이대 남자들은 자기들끼리도 사이좋게 못 지내."

아, 가슴이 뻥 뚫리는 기분이었다.

내가 알아야 할 모든 것은 엄마에게 배웠다

엄마가 죽었을 때, 내게서 평범한 세계는 사라졌다.

그 대신 지금까지 커튼 너머에 있던 어떤 굉장한 것이 갑자기 모습을 드러냈다.

사람이란 정말 죽는 거네, 아주 평범했던 하루하루가 순식간에 달라질 수도 있는 거네. 그 지지부진하고 따분했던 감정들이 모두 착각이었어.

깊은 슬픔 속에서도 매일, 신선한 발견이 있었다.

그것은 내가 열여덟 살 때 일이다.

'사람이란 정말 죽는 거네.'

열여덟 겨울에 나도 그렇게 느꼈다. '이제 나에겐 엄마가 없네' 하는 생각은 장례식이 끝나고도 한참 뒤에, 두고두고 문득문득 떠오르는 각성, 그래, 그건 말 그대로 매번 각성해야만 되는 사실이었고, 가장 먼저 느꼈던 건 '사람이란 정말 죽는 거네'였다. 그때까지 내 주변에 나와 친한 사람이 죽는 경우는 없었다. 열여덟은 그런 경험을 하기에 어린 나이다.

그러나 그 해 겨울, 엄마를 필두로 친척들이 세 분이나 돌아가셨고, 경주병원 영안실이 나중에는 친근해져서 '헤이, 우리 또 왔다!' 인사라도 해야 할 것 같은 장소가 되었다.

깊은 슬픔 속에서도 매일 '신선한 발견'이 있었다. 사람이 죽었는데 조용히 애도하는 게 아니라 와자지껄하게 밤새고 화투치는 그 모든 행위가 실은 유족들을 바쁘고 정신없게 만들어서 슬픔에 빠지지 않도록 도와주는 구실을 한다는 걸 알게 되었다. 소중한 사람이 죽어 정신이 없을 때도 어른들은 조의금을 받고 계산하고 가끔 기꺼워했으며, 아이들은 때가 되면 배가 고팠다.

물론 '슬픈 발견'도 있었다. 여자는 원치 않아도 결혼했다는 이유로 남편 문중의 산에 묻힐 수 있다는 사실, 외가와 친가의 종교가 다르면 기독교식 장례와 유교식 장례가 같은 날 시차를 두고 치러지기도 하고, 여기에 불교식 꽃상여가 등장하기도 한다는 사실, 그 중에서도 가장 슬픈 건 엄마가 돌아가신 후 내가 하는 말의 주어가 "우리 엄마가" 대신 "우리 아빠는"으로 어느새 슬그머니 바뀌었다는 사실이다. 친구들이 엄마 이야기를 할 때, 나도 엄마 이야기를 하고 싶은데, 내게는 엄마가 없으니까 대신 아빠 이야기라도 해야 했다. 내가 "우리 엄마는"으로 시작할 수 있는 이야기는 전부 과거형뿐이었다.

《아르헨티나 할머니》의 첫 장에 적혀 있는 저 구절을 만났을 때, 나는 본능적으로 깨달았다. 이건 누군가를 잃어본 사람만이 쓸 수 있는 글이라고. 이 소설은 엄마를 잃은 열여덟 살짜리 소녀가 아빠의 새로운 연애와 결혼을 지켜보는 이야기다. 모든 사람들이 '아르헨티나 할머니'라고 불렀던 요란한 옷을 입은 연상의 여자와 사랑에 빠진 아빠는 번잡하고 희한한 옥상에 살림을 차리고, 아이를 낳고, 그 여인이 죽자 아이를 키우며 살아간다. 딸은 쿨하게 아빠의 인생을 받아들인다.

소설 속의 딸이 아빠의 사랑을 쿨하게 받아들이는 것과 달리 열여덟의 나는 반발했다. 가족을, 그것도 엄마라는 중요한 자리를 누군가 다른 사람에게 내준다는 것은 자연스럽게 이루어지는 종류의 일이 아니다. 열여덟에는 더더욱.

첫 페이지에 홀딱 반했다가 점점 읽어가면서 "뭐야? 엄마의 죽음이 무서워 도망간 아빠를 어떻게 이렇게 쉽게 용서해? 그것도 열여덟 살이?" 혀를 끌끌 차며 소설은 소설일 뿐이라고 생각하던 나는, 마지막 부분에서 또다시 엄마를 떠올리고 말았다.

"사람이 왜 유적을 만드는지 알아?"

"모르겠는데요. 자신의 기록을 남기고 싶어설까요?"

"그런 이유도 있겠지만, 아마 아빠가 모자이크를 만드는 이유하고 같을 거야."

"좋아하는 사람이 영원히 죽지 않고, 영원히 오늘이 계속되었으면 좋겠다고, 그렇게 생각해서일 거야."

엄마를 위해 유적도 모자이크도 만들어본 적이 없지만, 그래도 나는 시시때때로 엄마를 떠올린다. 엄마를 떠올릴 소스들은 세상에 널려 있다.

버스에서 내려 도서관으로 들어가는데 하얀 나비가 나풀나풀 날아들었다. 하얀 나비는 죽은 사람의 넋이라던데, 누가 그랬더라? 아, 엄마가 그랬지!

잔뜩 어깨를 움츠리고 앉아 키보드를 치고 있다가 "그렇게 앉으면 나중에 꼬부랑 할머니 된다"는 엄마의 잔소리가 들리는 것 같아 허리를 쭉 펴고 자세를 바로 한다.

시장 모퉁이, 지글지글 끓는 기름솥 안에서 튀겨져 나와 하얀 설탕 위를 굴러가는 찹쌀 도넛도, 검은깨 송송 박힌 두부과자도, 얼큰한 해물탕도, 경상도에서만 맛볼 수 있는 김치밥국도 전부 엄마를 떠올리게 한다.

가을이 오면 캠퍼스 정문, 지하철역 앞, 꽃집 할 것 없이 소국을 무더기로 쌓아놓고 판다. 그 들국화 다발을 보면 엄마가 생각난다. 엄마가 아프고 난 후 내가 엄마에게 해줬던 유일한 선물이 국화 꽃다발이었다. 고등학교 때 갑자기 무슨 생각에서였는지 수업 마치고 꽃집에 들러 국화를 샀다. 환경미화 때문에 학교에 가져가야 하는 꽃다발 외에는 내 돈 주고 꽃을 사본 적이 없었는데 말이다. 내가 불쑥 내미는 꽃다발을 받으며 엄마는 "딸한테 이런 걸 다 받아보네" 하며 웃었다.

봉숭아 꽃잎으로 손톱에 물을 들이는 것도, 분꽃 열매를 열면 하얀 분이 떨어진다는 것도, 사루비아 꽃술을 빨면 단맛이 난다는 것도, 까치를 위해 감나무의 감을 한 개는 남겨놓아야 한다는 것도 엄마가 가르쳐주었다.

엄마가 가르쳐준 건 많았다.

어릴 때 길을 가다 한쪽 다리를 저는 아저씨를 보고 득달같이 달려와 "엄마, 저 아저씨……" 하며 손가락질을 하는데, 엄마가 내 손가락을 쥐고 엄하게 쳐다봤다.

"장애인이라고 알은체하고 손가락질하면 안 된다."

평소 내가 뭔가에 관심을 보이고 이야기하면 잘 들어주는 엄마였기에 그날 조용한 목소리로 꾸짖던 기억이 선명하다. 이후 나는 길거리에서 몸이 불편한 사람을 만나도 힐끗거리며 쳐다보거나 쑥

덕대지 않는 아이가 되었다.

"어차피 하나님은 내가 하나님 믿는 거 아니까 제사 때 절을 해도 되는 거 아니야?"라고 묻자, 엄마는 "행동이 그렇지 않은데 마음속으로만 믿고 있다면, 네가 믿고 있다는 걸 어떻게 알 수 있을까? 그게 과연 믿는 걸까?"라는 대답으로 행동이 따르지 않는 마음속 생각은 믿음이 아니라는 걸 가르쳐주었다.

엄마는 우리를 사랑했지만 항상 행복한 건 아니었다. 엄마가 행복하지 못한 원인의 많은 부분이 아빠 탓이라고 생각한 나는 언젠가 엄마에게 물어보았다.

"엄마는 왜 아빠 같은 사람하고 결혼했어?"

꿀밤 맞기 딱 좋은 철없는 질문이었지만 엄마는 현명하게 대답했다.

"엄마가 아빠를 선택한 게 아니라 아빠가 엄마를 선택했어. 그러니까 넌 나중에 커서 꼭 네가 선택한 사람과 결혼하도록 해. 선택당하지 말고."

그래서 나는 아직까지 선택하지 못한 걸까? 엄마.

엄마가 돌아가신 지도 20년이 지났다. 이제 내 평생에서 엄마가 있었던 시간보다 엄마 없이 보낸 시간이 더 많다. 엄마가 돌아가신 후로 나는 새로운 나이가 되면 '이 나이 때 엄마는 어땠지?' 가늠

인간이 인간으로서 갖추고 살아야 할 기본은 어린 시절에 배운다.
어린 시절에 배운 것만 제대로 지키고 살아도 인간답게 살 수 있다.
나쁜 것들은 언제나 나중에 배운 것들이다.

해보는 습관이 생겼다. 주로 '엄마가 이 나이 때 내가 몇 살이었으니까' 하며 계산을 시작했다가 마지막엔 '우와'라는 감탄사로 마무리한다.

'나는 아직 철없는 대학생인데, 엄마는 우체국에서 근무하며 동생들을 건사했네.'

'내가 겨우 취직했을 때, 엄마는 벌써 나를 낳았네.'

'나는 아직도 이력서를 쓰고 있는데, 엄마는 어느새 세 아이의 엄마가 되었네.'

'아침에 내 도시락 하나 싸는 것도 귀찮아 죽을 지경인데, 엄마는 매일 아침 도시락 다섯 개를 싸고 있었네.'

언제나 내 나이의 엄마는 내가 가닿지 못할 곳에서 내가 엄두도 못 낼 일을 감당하고 있었다.

이제 몇 년 후면 나는 엄마가 돌아가신 나이가 된다. 이후의 인생은 어떻게 될까? 그 나이 이후로는 비교해볼 엄마도 없으니 오롯이 혼자 받아들여야 하겠지. 하지만 내게는 세상 자체가 엄마의 유적이고, 인생에 필요한 모든 것들을 엄마가 가르쳐주고 떠났으니 앞서 걱정하지는 않으려 한다.

베스트셀러 제목인 '내가 정말 알아야 할 모든 것은 유치원에서 배웠다'는 말은 사실이다. 인간이 인간으로서 갖추고 살아야 할 기본은 어린 시절에 배운다. 어린 시절에 배운 것만 제대로 지키고 살아도 인간답게 살 수 있다. 나쁜 것들은 언제나 나중에 배운 것들이다.

가진 게 있으면 나눠라, 남 입장에서 생각해봐라, 제발 인정머리 있게 굴어라, 그렇게 게을러서 숨은 귀찮아 어떻게 쉬노, 항상 자세는 바르게, 허리 펴고 다녀라……. 귀에 딱지 앉도록 들은 그 소리가 나를 사람으로 키웠다. 그리고 나는 아직도 그 말들을 제대로 실천하지 못한다. 엄마가 가르쳐준 것들을 습관으로 만드는 데만도 나의 남은 평생이 부족할지 모르겠다.

나의 일본 친구

'글로벌 네트워크 시대', '인터넷으로 하나 되는 세계'라는 말은 인터넷이 생긴 이래 지속되어왔지만 나와는 상관없는 이야기였다. 영어를 5분만 보고 있어도 머리에 쥐가 나고, 즐겨찾기도 전부 한글 사이트인 나에게는 남들 얘기였다. 그러던 어느 날, 내 블로그에 "안녕하세요? 처음 뵙겠습니다. 나는 일본인입니다"라는 댓글이 달렸다. 한글을 쓰는 일본인이라니! 놀람을 가라앉히고 댓글을 요모조모 분석했다. 과연 진짜 일본인일까? 비로그인으로 쓴 댓글만으로는 알 수 없었다. 그래서 답글을 달았다. 그랬더니 그 사람이 "나는 이상한 사람이 아닙니다"라면서 자신의 블로그 주소를 링크했다. 그렇게 나는 글로벌 네트워크 시대가 도래한 지 한참 지난 시점에 인터넷으로 일본인 친구를 사귀게 되었다.

그녀 나오미 상은 한국 드라마를 좋아하는 중년 여성으로, 매년 몇 번씩 한국을 방문하는 베테랑 여행자다. 한국 드라마를 보다가 마음에 드는 장소가 나오면 인터넷 검색을 통해 위치를 파악하고 다음 한국 여행 때 찾아가는 열혈 한류 팬이다. 내 블로그에 들어오게 된 계기도 우리 동네 카페를 소개한 글 때문이었다. 카페가 유난히 예쁘다 생각했더니 주말 드라마의 촬영 장소로 이용된 곳이라고 한다.

이렇게 인터넷으로 나오미 상의 블로그를 방문하게 된 나는 구글 번역기라는 신통방통한 물건 덕분에 언어의 장벽도 가뿐히 뛰어넘었다. 서로의 블로그를 방문하며 안부를 주고받던 우리는 몇 달 지나지 않아 실제로 만났다. 나오미 상이 서울로 여행을 온 것이다. 친구들이 한창 일본어 공부에 매진하던 때라 본토 일본인을 만날 수 있다는 말에 나를 따라 나섰고, 일본에서 몇 년 살다 온 친구도 통역을 도와주러 나왔다. 게다가 나오미 상은 한글 공부를 열심히 했기 때문에 내가 하는 말을 거의 알아듣고 띄엄띄엄 한국말로 대답도 곧잘 했다. 나오미 상의 한국어 실력과 친구들의 일본어 실력 덕분에 나는 외국인 친구를 그 나라 말 한 마디 못 하고도 만나서 밥 먹고 웃고 이야기하고 즐겁게 놀았다.

예전에 창덕궁 근처에 살 때, 마을버스를 타면 중앙고등학교 앞을 지나갔다. 교문 앞에 큰 은행나무가 서 있던 중앙고등학교는 드라마 〈겨울연가〉의 촬영지로, 출근길에 마을버스를 타면 언제나 중앙고등학교 근처를 서성이는 일본 아주머니 한두 명은 볼 수 있었다. 학교 앞에는 한류 스타들의 브로마이드를 파는 구멍가게가 두 곳이나 있었다.

처음에는 신기하기만 했던 일본 아주머니들이 나중에는 부러워졌다. 나이 들어서도 취미를 공유하는 친구와 함께 여행하고, 좋아하는 스타를 만나서 응원하고, 소녀 시절의 설레던 감정을 느낄 수 있다니 얼마나 멋진 일인가. 드라마로 시작된 한국에 대한 관심이 한글 공부로 확장되는 걸 보면서 나는 과연 나중에 저런 삶을 살 수 있을까 궁금해졌다.

같은 학교를 졸업한 친구도 나이가 들면 1년에 한 번 얼굴 보기 어려운 세상에 나오미 상과 우리는 1년에 세 번이나 만났다. 만날 때마다 나오미 상은 커다란 가방 속에서 선물을 꺼내놓았다. 하나하나 정성껏 포장한 선물을 받자면, 포장도 하지 않은 책에 사인이나 해서 건네는 내 손이 민망할 지경이었다. 내가 블로그에 끼적여놓은 글을 보고 택배로 일본에서 서프라이즈 선물을 보내준 적도 있다. 받은 일본 과자나 화장품을 신나게 먹고 쓰면서도 마음 한편으로는 해주는 것도 없이 받기만 하니 미안하고 부담스러웠다.

수십 편을 섭렵한 일본 드라마의 내용과 일본어 교재 출판사에서 근무한 경험을 종합해볼 때, 일본인과 한국인은 비슷한 듯 다르다. 불쾌한 일이 있으면 바로 감정을 드러내는 한국인과 달리 아무리 불쾌한 일이 있더라도 면전에서는 예의를 지키는 게 일본인이다. 회의를 하고 언제까지 일을 하기로 했으면 일본인들은 중간 중간 보고를 하고 제 날짜에 칼같이 일을 끝내놓는다. 물론 우리나라에서도 유능한 사원들은 그렇게 일하지만 하루 이틀 정도 일이 늦어지는 건 당연하게 받아들이는 문화가 있다. 우리나라도 결혼식이나 돌잔치에서는 돌떡 등의 작은 답례품을 주기도 하지만, 일본은 하물며 집들이에서도 선물을 받으면 꼭 답례를 한다. 연하장도 업무적으로 관련 있는 거래처에 인쇄된 것을 대충 돌리는 우리와 달리 일본에서는 손수 써서 오래된 은인이나 지인에게 매년 보내는 문화가 있다.

그렇지만 이 정도로 일본인을 다 알았다고 생각하면 오산. 현실의 세부사항을 들여다보면 대체 어디까지가 무례이고 어디까지가 상식인지 가늠할 수 없다. 나오미 상에게서 메일이 오면 내용 한 줄을 놓고, '원하는데 예의로 사양하는 걸까? 아니면 진짜 사양하는 걸까?'를 가늠하느라 고심했다.

그런 나에게 도움을 준 책이 《남자는 떠나도 일본어는 남는다》이다. 도서관 신간 목록에서 이 책을 발견했을 때 자지러지게 웃었다. 이런 놀라운 제목이라니! 제목만 보고 당연히 일본어 교습서일 거라 생각했는데, 빌려보니 에세이였다. 제목 그대로 저자는 일본인과 사랑에 빠져 결혼을 했지만 이혼했고, 그 경험을 바탕으로 새로운 일본어 교습법을 개발, 사업을 일구어 성공한다. 박신양, 신민아 등 유명 연예인의 일본어 교사로 이름을 떨친 저자는 이혼과 성형수술 사실도 당당히 밝히는 화통한 여장부다.

이 책에는 오랜 일본 생활과 수십 번의 일본 여행을 통해 알게 된 일본 문화의 여러 면이 소개되어 있다. 그중에서 가장 충격적이었던 이야기는 여행 와서 저자의 집에 며칠 묵었던 일본 친구가 3일 뒤 돌아가면서 샴푸와 린스를 새로 사놓고 갔다는 에피소드였다. 남의 집에 가서 자게 되면 그 집 욕실에 있는 샴푸와 비누를 쓰는 게 당연하다고 생각했던 나는 일본과 한국의 문화가 이렇게나 다르다는 사실에 깜짝 놀랐다. 겨우 3일 머리를 감고서는 똑같은 제품을 사다놓다니.

그 외에도 놀라운 사례는 넘쳐났다. 화장품 파우치가 없을 때 친한 친구끼리 립글로스나 팩트 정도는 빌려주고 바르고 하지 않나? 일본에서는 그런 부탁이 실례라고 한다. 그것도 모르고 일본 친구에게 립글로스를 빌려 바른 저자는 나중에야 그 친구가 그 립글로스를 버렸다는 사실을 알고 놀란다.

한국 드라마에 단골 소재로 등장하는 부모의 결혼 반대 같은 건 일본에는 거의 없는 일이다. 부모들은 자식의 사생활을 존중해 누굴 만나고 다니는지, 애인은 있는지에 대해 묻지 않고 자식이 "엄마, 나 결혼해" 하면 그때서야 안다고 한다.

한국 남자들이 일본에서 인기 있는 이유는 한국에서 당연시되는 매너들, 이를테면 식당에 가서 의자를 빼준다든가 수저를 놓아주는 것, 길을 걸을 때 자신이 차도 쪽으로 걷고 차가 올 때 여자를 보호하는 모습 등이 감동을 주기 때문이다. 일본에서는 그 정도만 해도 이 남자가 나에게 관심이 있다는 확실한 신호로 받아들인다고 한다. 반대로 연애하는 사이에서도 하루에 세 번 이상 문자를 날리면 스토커 취급을 받고, 애인 사이라도 늦은 밤에 전화하는 것은 결례라고 한다. 하루 종일 카카오톡에, 핸드폰이 뜨거워지도록 통화하는 한국의 연인들이 들으면 놀랄 일이다. 이렇게 '폐'나 '무례'에 대한 개념의 폭이 우리나라보다 훨씬 넓다.

일본인들은 어릴 때부터 '쟈마데쇼(남에게 피해이지)?'라는 꾸중을 자주 듣는데, '쟈마'는 불교 용어로 '도의 수행을 방해하는 악마'라는 뜻이지만 남에게 피해가 되는 말이나 행동이 전부 여기에 들어간다. 그러다 보니 거절할 때도 최대한 돌려서 '좀……'이라고 한다. 딱 잘라 거절하면 상대의 감정을 상하게 할 수 있으니까. '좀'이라고 했는데 두세 번씩 권하는 것도 '쟈마'다. 저자는 그런 부분을 이용해 오히려 한국인의 장점을 더 부각시킬 수도 있다고 이야기한다. 서로 반대되는 주장이 아닌가 헷갈리기 시작할 때 이런 말이 나온다.

점점 더 헷갈릴 것이다. 그러나 간단하게 생각하면 된다. '쟈마'를 조심하고, '정'을 부각시키는 것. 어떤 일본 사람과도 좋은 인간관계를 쌓을 수 있는 비결이다.

너무나 다행스럽게도 나오미 상은 한국을 좋아하고, 성격 또한 한국 아주머니들처럼 화통하고 유머와 센스가 있다. 결국 나는 메일 한 줄로 고민하지 말고 긴가민가 싶은 부분은 직접 물어보기로 했다. 역시 옳은 선택이었다.

사람과 사람의 관계에 있어 가장 좋은 전략은 진심이다. 문화가 달라도, 예의의 범주에 차이가 나도 사람에게는 진심이라는 좋은 매개체가 있다.

언젠가 홍대 앞 막걸리집에서 나오미 상과 했던 이야기가 떠오른다. "일본에서는 자살을 할 때 자기 집이 아닌 곳에 가서 죽는데, 왜 한국인은 자기 집에서 죽습니까?"가 주제였다. 한 번도 생각해 보지 못한 문제였다. 일본인은 자신의 죽은 모습을 보고 가족이나 지인들이 충격받을까 봐 그런다고 한다. 지인들에게 폐를 끼치지 않으려는 배려다. 나는 "가족들을 배려할 정도의 정신적인 여유가 있다면 한국인들은 죽지 않는다. 또 가족들이 내 죽은 모습을 보는 것보다 모르는 사람이 보는 게 더 싫다"고 대답했다. 즉흥적이었지만, 태어나서 지금까지 가장 부끄럽고 추한 부분은 가족들과 나누는 게 당연하다 여기며 살아왔던 내 상식에 충실한 답변이었다. 나에게는 무의식에 새겨질 정도로 당연한 것이 어떤 나라에서는 상식이 아니라는 사실은 흥미로웠다. 참으로 다르지만, 다르기 때문에 만날 때마다 호기심이 생기고, 재미있다.

요즘도 나는 나오미 상의 블로그에 들어가 그녀의 일상을 살펴보다가 "서울에 있는 나의 40대 친구들도 동안입니다"라는 글을 발견하면, "그 40대 친구는 혹시 우리입니까? 그렇다면 고맙습니다"라는 댓글을 단다. 가끔 식당이나 카페 소개글을 올려놓으면 나오미 상은 수줍게 "나도 가보고 싶습니다"라고 댓글을 단다. 서울이 너무 빨리 바뀌어 몇 개월 전 드라마를 촬영했던 장소가 없어지고 새 가게로 바뀌는 일이 잦다. 처음 나오미 상이 내 블로그에 찾아온 계기가 되었던 우리 동네 카페도 다른 가게로 바뀌었다.

하지만 한국 드라마는 끊임없이 만들어지고, 가볼 곳은 매일매일 새로 생긴다. 올 여름에는 또 어떤 곳을 가볼까? 광장시장에 빈대떡을 먹으러 갈까? 부산영화제에서 개봉하는 한류 스타들의 영화를 볼까? 홍대 지하철역 출구 앞에서 동네 친구 만나듯 "안녕하세요?" 인사할 그날을 기다린다.

지친 목요일,
속마음을 꺼내 읽다

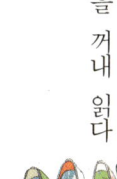

《그리스인 조르바》, 니코스 카잔차키스 지음, 박석일 옮김, 동서문화사
《무서록》, 이태준 지음, 범우사
《아빠가 결혼했다》, 마리나 레비츠카 지음, 노진선 옮김, 을유문화사
《진심의 탐닉》, 김혜리 지음, 씨네21북스
《위풍당당 개청춘》, 유재인 지음, 이순
《악마는 프라다를 입는다》, 로렌 와이스버거 지음, 서남희 옮김, 문학동네
《언더커버 리포트》, 귄터 발라프 지음, 황현숙 옮김, 프로네시스
《4천원 인생》, 안수찬 외 지음, 한겨레출판

#3 일

:

밥벌이와 포옹하는 법

미쓰리, 해보니까 별거 아니지?

나는 직장 생활을 복사기 영업으로 시작했다. 내가 원했던 잡지사나 신문사는 나를 원하지 않았고, 스물일곱 군데 지원서를 돌리고 나서야 연락 온 회사는 복사기 회사 하나뿐이었다. 국내 굴지의 대기업 공채라는 허울 아래, 면접 볼 때 '영업도 할 수 있습니까?'라는 번외 질문에 '네'라고 체크한 사람만 뽑힌, 복사기 영업사원 내정자였다.

처음 두 달 오리엔테이션 기간은 즐거웠다. 동기들과 함께 앉아서 강의를 들은 뒤 저녁엔 모여서 술 마시고 회포를 풀며 '진짜 회사원이 되었구나' 속으로 뿌듯해 했다. 그러나 즐거운 날들은 지나고, 두 달 뒤 우리는 제각각 흩어져 각 지점으로 발령받았다. 오리엔테이션 기간이 아니라 지점에 발령받은 그때, 나는 진짜 회사원이 되었다.

지점에 와서 남자 동기와 함께 첫 인사를 했을 때, 빙글빙글 웃던 선배들의 모습을 잊을 수 없다. 나중에 들은 바에 의하면 '촌에서 올라온 저 순진한 여학생이 얼마나 오래 다닐 것인가'에 선배들끼리 내기를 걸었는데, '한 달 안에 나간다'가 절반, 나머지 절반도 '몇 달 못 버틴다'에 걸었다고 한다.

불행인지 다행인지 나는 더 이상 물러설 곳이 없었으므로 버텼다. 같은 지점에 발령받은 남자 동기가 석 달 만에 사표를 쓰고 나갔고, 나는 1년을 다녔다. 1년 후 내가 퇴사할 때 우리 동기 35명 중 남아 있는 사람은 고작 다섯 명이었다.

폭우가 쏟아지는 장마철, 수리해야 할 프린터를 양손에 한 대씩 들고 어깨에 우산대를 끼운 채 남영동 A/S 센터까지 버스 타고 가야 했던 일이나, 재고 조사하니까 도와달라는 거래처의 부탁에 일요일 하루 종일 먼지 구덩이에서 짐 내리고 올린 일은 사실 힘든 게 아니었다. 가장 힘들었던 것은 생전 처음 보는 사람에게 복사기 사달라는 부탁을 해야 한다는 사실이었다. 아는 사람에게도 도와달라는 말을 선뜻 하지 못하던 내가 얼굴도 모르는 사람에게 뭔가 사달라는 부탁을 해야 한다니, 정말 쉽지 않았다.

언젠가 어느 공구 상가의 사무실을 돌고 있는데, 막 점심 먹으러 나가던 한 사장님이 복도에서 나를 보았다. 그러더니 자기가 나온 사무실 입구에 대고 "김양아, 문단속 잘해라. 요즘 잡상인들이 들

끓어서, 원" 하고 혀를 차며 나갔다.

잡.상.인!

그래도 학교 다닐 때는 공부 잘한다 칭찬받고, 기자가 되어 필드를 뛰어다닐 꿈에 부풀었던 내가 스물넷의 나이에 잡상인이 되어 있었다. 나는 김양이 문단속을 하는 그 사무실에는 발도 들여놓지 못하고 그대로 돌아 나왔다.

우울한 기분으로 회사에 들어와 업무일지를 쓰고 있는데, 이 회사에서 일하다가 독립해서 대리점을 차린 선배가 놀러 와서는 내 어깨에 손을 얹고 말했다.

"미쓰리, 남자들이 밥벌이한다고 유세하는데, 해보니까 별거 아니지?"

그 순간 눈물이 핑 돌았다. 선배가 농담을 하는지 진담을 하는지 구분할 수 없었다. '진짜 힘들지? 남자들이 유세할 만하지?'라는 뜻의 반어법이라도, '별로 안 힘들지? 누구나 다 하는 일이야'라는 진담이라도 아무튼 내게는 모두 골수에 박힐 정도로 아픈 말이었다. 밥벌이는 별거 아닌 게 아니었다. 그때 내 어깨를 누른 건 선배의 손이 아니라 '밥벌이를 한다'는 말의 무게였다.

토요일, 대학로의 어느 사무실에 프린터를 설치해주기로 한 날이었다. 원래 납품은 지점의 봉고차가 싣고 가서 해주는데, 그날따라 배달해야 할 물량이 많아서 봉고차는 이미 나갔고, 같은 지점의 차를 가진 선배들도 모두 나갔다. 결국 시간 약속을 지키기 위해 20킬로그램이 넘는 도트 프린터를 낑낑거리며 짊어지고 나가 지하철을 탔다. 지하철에서 내리니 까마득한 계단이 보였다. 프린터를 끌고 올라가는데, 힘이 부쳐서 한 계단 오르고 헉헉대고 또 한 계단 오르고 헉헉댔다. 지나가던 아저씨가 도와주지 않았다면 시간을 맞추기 힘들었을 것이다.

그렇게 겨우 대학로 사무실까지 올라가 프린터를 설치하고, 시험 인쇄까지 마친 뒤 계약서를 쓰려는데, 뒤늦게 들어온 사장님이 프린터 구입할 생각 없으니 도로 가져가라고 했다. 자신은 허락한 적이 없는데 직원들이 마음대로 결정한 일이란다. 청천벽력이 따로 없었다. 항의하는 내 목소리는 심하게 떨리고 있었다.

"이러시면 안 되죠. 사기로 하셨잖아요."

"미안해요. 어쩔 수 없어요."

"저 대방동부터 지하철 타고 이 무거운 걸 지고 왔단 말이에요."

나는 눈물을 뚝뚝 흘렸고, 사장님은 난처한 듯 날 바라보며 달랬다.

"에헤이 아가씨, 운다고 해결될 일이 아니라니까."

남의 사무실에 앉아 울다가 지점에 전화를 해서 다른 사람에게 프린터를 회수해달라 부탁하고 나왔다. 돌아오는 지하철에는 앉을 자리도 없었다. 나는 손잡이를 잡고 서서 울었다. 울다가 서러워져서 나중에는 흑흑거리며 어깨까지 들썩였다. 내 앞에 앉아 있던 커플이 난감한 눈으로 쳐다보는데도 울음이 그치질 않았다.

영화를 보거나 책을 읽다가 우는 게 아닌, 나의 일 때문에 울기로는 그날이 태어나서 지금까지 최고로 많이 운 날이다. 엄마가 돌아가셨을 때도 그토록 서럽게 울지는 않았다. 지하철 타고 가는 한 시간 내내 울고, 동기들을 만나 정신을 잃을 정도로 술을 마시고 뻗는 것으로 그날을 마무리했다.

그렇게 밥벌이를 하면서 나는 이론 대신 경험 신봉자가 되었다. 아무리 영업 달인들의 책을 읽고 영업의 비밀을 A부터 Z까지 다 안다고 해도, 낯선 사무실에 노크하고 들어가는 용기가 없으면 그 모든 것은 무의미하다. 정답을 골라내면 점수를 주는 학교와 달리 회사엔 정답이 없었고, 무조건 해보는 수밖에 없었다.

원래도 연역법보다는 귀납법을 좋아했지만, 밥벌이를 하면서부터 나는 가방끈 길고 말 번드르르하게 하는 사람의 말은 귓등으로 흘려듣고, 한 가지 일을 오랫동안 해온 사람의 말은 귀담아 듣게 되었다. 내가 책에서 만난 최고의 경험주의자는 《그리스인 조르바》의 조르바다. 만약 학생 때 이 책을 읽었다면 조르바를 '재수없는 마초 꼴통'으로 기억했을지도 모르겠다. 소설 속 그의 발언 중에는 그럴 만한 부분이 많기 때문이다.

> 나는 자유를 원하는 자만이 인간이라고 생각합니다. 여자들은 자유를 원하지 않아요. 그런데도 여자는 인간일까요?

하하, 만약 내가 이런 구절을 학생 때 읽었다면 얼마나 분노했을까? 다행스럽게도 나는 밥벌이의 고달픔을 알게 된 다음에 조르바를 만났다.

《그리스인 조르바》는 책벌레이자 나약한 지식인이 야성미 넘치는 60대 노인 조르바를 만나 크레타에 가서 갈탄광 사업을 하는 이야기다. 관념적인 사유를 하는 주인님에 비해 조르바는 원초적이고, 야성적이며, 몸으로 부딪쳐서 알게 된 것만 믿는 자유로운 영혼이다.

> "그렇소, 나는 아무것도 안 믿습니다. 내가 몇 번을 말해야 합니까? 나는 믿는 것도 믿는 사람도 없습니다. 조르바만 믿습죠. 조르바가 다른 사람들보다 나아서가 아닙니다. 천만에, 조금도 나을 게 없죠! 그도 다른 놈과 매한가지 짐승이죠. 하지만 나는 조르바를 믿어요. 왜냐하면 내가 다스릴 수 있는 오직 하나의 존재이고 내가 아는 하나밖에 없는 놈이니까. 그 밖의 모든 것은 허깨비

죠. 나는 이 눈으로 보고 이 귀로 들으며 이 창자로 먹은 것을 삭입니다. 나머지는 모두 허깨비지. 그렇고말고요."

이렇게 말하게 될 때까지 그는 얼마나 많이 깨지고 아파했을까.
나는 이 책 속의 주인님과 비슷하다. 책을 좋아하고, 별 경험이 없는 샌님이고, 언제나 생각 속에서 이렇게 할 것인가 저렇게 할 것인가를 고민하지 진짜 인생에서 말썽이 나는 걸 좋아하지 않는다.

"말썽이 나는 게 질색이라고요?" 조르바는 어이없다는 듯이 소리쳤다. "그럼 도대체 주인님이 원하는 게 뭡니까?"
나는 대답하지 않았다.
"사는 것 자체가 말썽입니다." 조르바는 말을 이었다. "죽으면 말썽이 없지요. 산다는 것 — 그게 뭘 의미하는 건지 알기나 해요? 당신의 허리띠를 풀고 말썽을 찾아 나선다는 뜻이라고요."

암말 같은 과부를 보고 마음이 동하는데도 애써 참고 있는 주인님에게 조르바가 당장 달려들어 잡으라고 하자, 주인님은 말썽이 생기는 건 딱 질색이라고 한다. 그러자 조르바가 말한다. 산다는 건 말썽을 찾아 나선다는 뜻이라고.
주인님이 조르바를 통해 진짜 삶을 산다는 게 뭔지 배워갔던 것

117

처럼, 나는 밥벌이를 통해 진짜로 산다는 것이 무엇인지 배웠다. 지금도 나는 말썽을 좋아하지 않지만 '일을 잘한다' 는 게 '문제를 잘 해결한다' 는 뜻이라는 것쯤은 알고 있다. 말썽이 일어나면 예전에는 머리를 싸매고 왜 이런 일이 일어났을까, 누구의 탓일까 고민했지만, 요즘은 고민을 제쳐두고 일단 어떻게 해결할 것인가를 먼저 생각한다. 이 모든 것이 밥벌이가 나에게 가르쳐준 것들이다.

물론 밥벌이에 지식이 필요 없는 건 아니다.

세상에는 두 가지의 지식이 있다. 언어나 문자를 통해 표현할 수 있는 지식으로 문서화 또는 데이터화되는 '형식지(形式知)', 그리고 학습과 경험을 통해 습득함으로써 개인에게 체화되어 있지만 언어나 문자로 전해주기는 힘든 '암묵지(暗默知)' 가 그것이다. 나는 밥벌이를 하면서 세상이 실은 암묵지로 굴러가고 있다는 것을 알게 되었다.

한번, 환공이 당상에 앉아 글을 읽노라니 뜰 아래에서 수레를 짜던 늙은 목수가 톱질을 멈추고, 읽으시는 책이 무슨 책이오니까 물었다.

환공 대답하기를, 옛 성인의 책이라 하니, 그럼 대감께서 읽으시는 책도 역시 옛날 어른들의 찌꺼기올시다그려 한다. 공인의 말

"사는 것 자체가 말썽입니다."

조르바는 말을 이었다.

"죽으면 말썽이 없지요. 산다는 것 — 그게 뭘 의미하는 건지 알기나 해요?
당신의 허리띠를 풀고 말썽을 찾아 나선다는 뜻이라고요."

투로 너무 무엄하여 환공이 노기를 띠고, 그게 무슨 말인가 성인의 책을 찌꺼기라 하니 찌꺼기될 연유를 들어야지 그렇지 못하면 살려두지 않으리라 하였다. 늙은 목수 자약하여 아래와 같이 아뢰었다 한다.

저는 목수라 치목하는 예를 들어 아뢰오리다. 톱질을 해보더라도 느리게 다리면 엇먹고 급하게 다리면 톱이 박혀 내려가질 않습니다. 그래 너무 느리지도, 너무 급하지도 않게 다리는 데 묘리가 있습니다만, 그건 손이 익고 마음에 통해서 저만 알고 그렇게 할 뿐이지 말로 형용해 남에게 그대로 시킬 수는 없습니다. 아마 옛적 어른들께서도 정말 전해주고 싶은 것은 모두 이러해서 품은 채 죽은 줄 아옵니다. 그렇다면 지금 대감께서 읽으시는 책도 옛 사람의 찌꺼기쯤으로 불러도 과언이 아닐까 하옵니다.

이태준의 《무서록》 중 〈일분어〉라는 수필에 나오는 글이다.

요리 레시피는 암묵지의 세계다. '적당히 넣는다'의 '적당히', '한소끔 끓인다'의 '한소끔', '맛을 보며 간한다'의 '간'은 전부 해봐서 감으로 알게 되는 것들이지 책을 본다고 이해되는 개념이 아니다. 하물며 프린터 A/S도 그렇다. 매뉴얼이 있지만, 매뉴얼에서 가르쳐주는 것은 '기계를 연다, 부품을 해체한다, 조립한다' 수준이지 실제로 프린터를 고치면서 맞닥뜨리는 수많은 선택의 순간에는 별 도움이 안 된다. 어느 정도 힘을 줘야 딱 소리가 나면서 제대로 기계의 아귀가 맞춰지는지, 통을 뺄 때 어떻게 해야 토너 가루가 덜 날리는지는 경험으로만 알 수 있다.

언젠가 사무실에서 드라이버로 프린터를 분해하고 있는 나에게 대리님이 "미쓰리, 국문과 나와서 도라이바 돌리고 있는 여자는 너밖에 없을 거다" 했다. 그 순간 스스로가 어찌나 대견하던지, 마치 "사법고시 합격하고 요리사 기능장 1급을 딴 사람은 너밖에 없을 거다"라고 칭찬하는 것처럼 들렸다. 뭔가 목수는 아니지만 목수 보조 정도는 된 듯한 느낌이 들었다.

밥벌이 연차가 높아질수록 나는 점점 형식지보다는 암묵지가 세상의 진짜 지식이라는 쪽으로 기울어지고 있다. 내 비록 책을 좋아하지만, 책은 옛사람의 찌꺼기이며 진짜 중요한 것은 글로 적힐 수 없다는 목수의 말을 간직하고 있다. 그건 진리니까.

주인의식 뒤에 감춰진 입장 차이

직장을 옮기기 위해 면접을 볼 때 가장 대답하기 곤란한 질문이 "전 직장은 왜 그만두었습니까?"이다. 전 직장의 욕을 할 수도 없고, 그렇다고 거짓말을 할 수도 없고, 상사 험담을 하자니 인간성에 문제가 있는 것처럼 비쳐질까 봐 조심스럽고, 연봉이나 근로조건에 대한 이야기를 하자니 속물처럼 비쳐질까 두렵다. 어떤 대답도 양면성이 있기 때문에 결정하기 힘들다.

이 질문에 가장 수월하게 대답할 수 있었던 시기는 1997년 말부터 2000년 초까지였다. IMF의 환란이 전국을 덮친 이 시기에는 "IMF 때문에……"라는 한마디면 모든 것이 해결되었다. 그 시기를 제외하고는 "영업을 하기 싫어서 내근직에 지원했습니다"부터 "예전부터 귀사를 선망했습니다"까지 여러 형태의 답변을 해왔다.

그중 기억에 남는 답변이 "저는 주인의식을 가지고 일해왔는데,

회사는 저와 다르게 생각하는 것 같았습니다" 이다. 전 직장에서 한 직원이 퇴사했는데, 퇴사하는 날 환송회는 고사하고 점심 한 끼 사주지 않고 그냥 보내는 것을 보고 5년 동안 야근과 휴일 근무, 잦은 지방 출장도 마다하지 않은 채 충성했던 것이 허무해진 상태에서 나온 대답이었다. 무심결에 나온 대답이었지만 내심 훌륭한 답변이라 흡족해 했는데, 막상 내 말을 들은 사장님의 표정이 썩 좋지 않았다. 그 표정을 보고 당황했지만, 나는 면접 본 곳에 무사히 입사했다.

한 달도 되지 않아 사장님이 왜 '주인의식'이라는 말에 인상을 썼는지 알게 되었다. 전 직장은 주주가 여럿인 주식회사였던 데 비해 옮긴 곳은 사장님이 30여 년 전에 창업해서 키운 곳이었다. 그렇다 보니 회사가 사장님 소유였고, 모든 직원들이 사장님 눈치를 봤다. 혹시나 사장님 귀에 들어갈까 봐 점심시간에 밥 먹으면서도 회사 욕은 하지 않는 화목한(?) 분위기였다. 밥 먹는 시간에는 반찬으로, 회식 자리에선 술안주로 가장 각광받는 메뉴가 상사와 회사에 대한 뒷담화였던 직장을 다니다 이런 화목한 직장에 오니 적응하기 힘들었다.

사장님에게는 자녀가 있었는데, 2세 경영 교육을 받고 있었다. 그들 역시 이 회사가 자기 회사라는 주인의식이 투철해서 회의를 하다 수틀리면 볼펜을 한 손에 거머쥐고 스프링이 튀어나오도록 뽀개거나 디자이너가 결재 맡으려고 가져간 시안에 연필로 새까맣게 감지를 해놓는 등 상식 밖의 행동을 자주 했다.

이 회사에 다니면서 비로소 나는 '주인의식'이라는 말 뒤에 감춰진 계급의식을 간파했다. 수많은 자기계발서와 기업 경영자들이 직원들에게 주인의식을 가지고 일하라고 말한다. 아니 자기계발서까지 갈 것도 없다. 학창시절 교과서에도 항상 등장하던 말이 주인의식을 가지라는 말이었다. 나는 그 말을 곧이곧대로 믿었다. 그래서 내가 주인이라면 이런 사업에 투자하지 않겠다는 생각에 사장님이 새로 시작한다는 사업을 말려보기도 했고, 내가 주인이라면 이런 비효율적인 관행은 뿌리 뽑겠다 싶어 개선점을 건의하곤 했다. 이런 나의 태도는 사장님에게 '주인의식'이 아니라 '함께 일하기 어려운 인성'으로 비쳐졌다. 나는 맘대로 부리기 어려운 사람으로 낙인 찍혔고, 어떤 직장에서는 나를 쫓아낸 후 '협동심이 강한 사람'을 구한다는 구인 광고를 내기도 했다.

사장님이 직원에게 원하는 주인의식은 직원들이 생각하는 주인의식과 다르다. 사장님은 회사의 주인이 당연히 자신이라고 생각한다. 직원들은 자신이 월급을 주며 부리는 사람들이니 월급 주는 만큼 열심히 일해주기를 바란다. 하지만 일하는 걸 보면 성에 차지 않는다. 월급만큼의 일을 해줬으면 좋겠는데, 그러질 않으니 고민하다 나온 묘책이 주인의식 아닌가 싶다. '내 일이다' 생각하면 더 열심히 할 거라고 생각해서 내놓은 묘책인데, 일이 엉뚱하게 풀려 '주인의식'이라는 말이 갈등을 불러일으킨다. 자기가 주인이라 생각하면 자신의 생각대로 일을 하게 되고, 사람마다 생각이 다르니 주인의식 투철한 직원이 원하는 바와 진짜 주인인 사장님이 원하는 바는 충돌한다. 이렇게 되면, 열심히 일할 거라는 생각에 만들어 놓은 '주인의식'이 듣기만 해도 인상 찌푸려지는 말이 된다.

언제나 사람들은 자기가 보고 싶은 면만 보고, 자기가 듣고 싶은 것만 듣는다. '주인의식'에서 사장님들은 '내 일처럼 열심히 일한다'는 것만 취하려 하고, 직원들은 '내가 결정권자'라는 생각을 먼저 한다.

사장과 직원은 입장이 다르니 생각이 다른 게 당연하다. 하지만 입장이 동일하다면 비슷한 생각을 가지는 게 인지상정이라고 생각했던 나는 동일한 입장인데도 나와 다른 생각을 하는 사람들이 많다는 것을 알게 되었다.

재벌 2세 사장님이 경영하는 또 다른 회사에 다닌 적이 있는데, 평소에는 발랄하기 그지없는 사장님이 한 번씩 수틀리면 팀장을 불러놓고 한 시간이고 두 시간이고 족쳤다. 그렇게 불려갔다 오면 팀장님의 얼굴은 해쓱해졌다. 팀장님을 위로한답시고 "나는 절대

내 아이를 사장님 같은 사람으로 키우지 않을 거예요. 사람 아래 사람 없고, 사람 위에 사람 없다는 걸 아는 사람으로 키울 거예요" 했더니 정작 욕을 먹은 팀장님은 "내 아들은 나처럼 설움 받지 않도록 돈 들여서 공부시키고 해외 유학도 보내서 꼭 윗대가리로 만들 거야"라고 말했다.

일순 나는 뒤통수를 맞은 느낌이었다. 자신이 당한 부당한 대우에 저항하거나 잘못됐다 생각하는 게 아니라 그런 설움 받지 않도록 자식을 높은 사람으로 키우겠다니, 그 마음을 이해 못하는 바는 아니지만 어쩐지 서글퍼졌다. 내가 자식이 없어서 속 편한 소리를 하는 걸까?

마음이 복잡하던 어느 날, 소설 《아빠가 결혼했다》를 읽다가 비슷한 상황에 빠진 자매의 이야기를 발견했다.

나는 우리가 공유한 과거에 호소해보기로 했다.

"버스 속의 그 여자 기억나, 언니? 모피 코트를 입었던 여자."

"무슨 여자? 무슨 버스? 무슨 소릴 하는 거야?"

물론 언니는 기억하고 있었다. 디젤의 냄새, 버스 앞 차창의 와이퍼가 뿌드득거리던 소리, 새로 내린 눈을 진창으로 만들며 불안정하게 좌우로 흔들리던 버스, 차창 밖으로 보이던 색색깔의 조명, 1952년의 크리스마스 이브. 언니와 나는 추운 날씨 때문에 잔뜩 껴입은 채 버스 뒷자리에 앉아 엄마에게 바짝 달라붙어 있었다. 그러자 모피 코트를 입고 버스 안에 서 있던 어느 친절한 여자가 엄마의 손에 6펜스 은화를 쥐어주었다. "아이들 크리스마스 선물이에요"라면서.

"엄마에게 6펜스 은화를 줬던 여자."

엄마, 우리 엄마는 그 동전을 여자의 얼굴에 던져버리지 않았다. 그냥 "감사합니다, 부인"이라고 중얼거리며, 주머니 속에 집어넣었다. 그 창피함이란!

"아, 그 여자. 지금 생각해보면 그 여자 좀 취했었던 것 같아. 너 전에도 그 이야기 했었잖아. 왜 자꾸 그 이야기를 꺼내는 거야?"

"왜냐하면 내 인생에서 그 후에 있었던 다른 어떤 사건보다도 바로 그 사건이 날 평생 사회주의자로 살도록 만들었으니까."

전화기 반대편에서는 정적이 흘렀고, 한순간 난 언니가 전화를 끊은 줄 알았다. 그때 언니가 대답했다. "어쩌면 날 모피 코트 입은 여자로 만든 것도 그 사건인지 모르겠다."

가난한 유년의 크리스마스에 자매는 엄마와 함께 버스를 타고 외출한다. 남루한 행색 때문에 거지로 오인받은 엄마는 모피 코트 입은 부인으로부터 동전을 적선받는다. 그날의 기억은 자매의 머릿속에 각인된다. 이후 동생은 사회주의 운동가가 되었고, 언니는

어느 한쪽을 옳다고 혹은 그르다고 판단할 수 있을까?

다들 자신이 살아온 삶만큼의 대답을 가지고 있을 뿐이다.

모피 코트 입은 부유한 사모님이 된다. '우리는 거지가 아니고, 그 사모님은 우리에게 그러면 안 되었다'는 부당함에 대한 항변을, 한 명은 평등한 사회를 만들기 위해 노력하는 것으로, 다른 한 명은 다시는 그런 취급 받지 않도록 부유해지는 것으로 보여주었다.

왜 사람은 같은 경험을 하고서도 이토록 다른 선택을 하게 될까?

이 구절을 읽기 전까지 나는 자신의 아들을 높은 곳에 앉히고 싶어하는 팀장님에게 실망해서 '그렇게 사니까 세상이 바뀌질 않지. 왜 자신의 자격지심을 아들에게 대물림하려는 걸까?' 속으로 비난했다. 그러다 이 구절을 읽고 나서, 한참을 아무 말이 없다 자신을 모피 코트 여인으로 만든 것도 그 사건이었다고 고백하는 언니의 음성 역시 가라앉아 있었을 거라고 짐작할 수 있었다.

마음이 짠해져서 그만 책을 덮고 누웠다.

사는 건 참 쉽지가 않다.

팀장님의 대답엔 누구 한 사람 바뀐다고 계급이 없어질 수는 없으며, 더디게 천천히 바뀔 역사의 열매를 따 먹지 못할 바엔 차라리 내 한 몸 부서져라 일해서 아들에게 그 열매가 가도록 하겠다는, 아버지로서의 본능과 사회를 체험한 수컷의 비애가 깔려 있었다. 그리고 혈연이라는 족쇄에서 벗어나려고 결혼도 하지 않고 내 한 몸만 책임지면 되도록 모든 조건을 만들어온 나의 생각에는 이제까지 부당함에 대해 끊임없이 호소하고 그 때문에 상처받고 힘들었으면서도 그렇게 사는 것이 맞다는 신념이 바탕에 깔려 있었다.

어느 한쪽을 옳다고 혹은 그르다고 판단할 수 있을까? 다들 자신이 살아온 삶만큼의 대답을 가지고 있을 뿐이다.

짐은 하체를 튼튼하게 한다

회사에서 프로젝트 공모를 실시했다. 어떤 사업을 하면 성공할 수 있을지 기획안을 내면 가능성 있는 기획안에 상을 주고 실제로 그 기획을 실현시킬 기회를 준다고 했다. 삼성 같은 대기업이 아닌 우리 회사에서도 그런 일이 가능한가 신기해서 구경하고 있는 사이, 나는 어느새 공모에서 상을 받은 TF팀에 차출되어 일을 하게 되었다.

성공할지 실패할지도 모르는 사업이니 예산도 얼마 없고, 인원도 새로 뽑는 것이 아니라 기존 인원에서 충원했다. 나는 원래 하던 일을 하면서 TF팀의 일도 해야 했다. 팀장, 상품기획 두 명, 디자이너와 나. 달랑 다섯 명이서 시작한 팀은 1년 뒤 회사가 원래의 사업을 접고 이 사업에 주력할 정도로 크게 성장했다. 그 과정에서 고생했던 거야 필설로 다 못 한다. 다섯 명이서 스무 명이 하는 일을 해내야 했으니까.

그중에서도 나를 가장 괴롭혔던 것은 인터넷 사이트를 구축하는 일이었다. 나는 국문과를 졸업한 인문계형 인간으로 컴퓨터는 그저 워드나 칠 줄 안다. 그런 나에게 프로그래머 한 명과 디자이너 한 명을 데리고 홈페이지를 만들라고 했다. 나는 말도 안 되는 소리라고 반발했다. 내가 도대체 뭘 안다고 홈페이지 기획을 시키냐고 물었더니, 너는 블로그도 운영하고, 쇼핑몰 카피 쓸 때 다른 쇼핑몰에 들락거리며 조사하지 않았냐며 그 정도면 충분히 할 수 있다고 했다. 차라리 150페이지가 넘는 카탈로그를 한 권 더 만들었으면 만들었지 그건 죽었다 깨나도 못 한다고 뻗댔지만 많은 회사 일이 그렇듯 '까라면 까야 하는' 관계로 어느 틈에 정신을 차려보니 홈페이지 기획 책임자가 되어 있었다.

첫 회의가 있던 날, 대충의 페이지 구성안이라도 그려 가야 했다. 그러나 당시의 나는 파워포인트도 쓸 줄 몰랐다. 결국 종이에 자를 대고 선을 그어 골격을 그린 다음, 10페이지 정도 복사해서 각 페이지에 손으로 글자를 써 넣고 그림을 그려서 기획안을 만들었다. 중고등학교 미술시간도 아니고 손으로 그려서 기획안을 만들다니, 지금 생각해도 등에 땀이 쭉 난다. 어쨌든 그렇게 발로 그린 듯한 그림으로 디자이너와 프로그래머를 간신히 설득하고, 비록 프로그램 용어는 모르지만 어느 사이트의 어떤 부분처럼 만들어달라고 요구해서 수정에 수정을 거듭한 끝에 홈페이지를 오픈했다. 오픈 후에도 나는 고개를 들 수가 없었다. 내 눈으로 봐도 허접했다.

하지만 컴퓨터 프로그램의 P자도 모르는 내가 고집불통의 프로그래머와 디자이너를 데리고, 만나기만 하면 싸우는 두 사람 사이에 껴서 지지고 볶으며 홈페이지를 만들었다는 자체가 기적이었다. 그리고 그 허접한 홈페이지로부터 우리 회사의 온라인 사업이 시작되었다. 시간이 흐르고 인터넷을 아는 전문 인력들이 들어와 쇼핑몰도 덧붙이고 플래시도 돌리면서 사이트는 점점 멋지게 발전했다.

나는 다른 직장으로 옮긴 뒤에도 이때의 경험 덕분에 홈페이지에 골치 썩는 사장님께 조언을 할 수 있었고, 인터넷 담당자가 일부러 어려운 용어를 써가며 이상한 소리를 늘어놓아도 페이스에 말리지 않고 일을 해나갈 수 있었다. 토끼한테 쥐 잡으라는 소리나 다름없던 '인터넷 홈페이지 제작'이라는 미션을 맨땅에 헤딩하는 기분으로 해결해나가며 나는 한 뼘쯤 자랐다.

〈씨네21〉 김혜리 기자의 인터뷰 글을 모은 책 《진심의 탐닉》에는 MC 김제동이 다음과 같이 말한 부분이 있다.

알려진 사람은 누구나 그런 측면이 있지만 저는 과대포장돼 있습니다. 한데 때론 그것이 힘도 됩니다. "산에 업히러 간다"는 말을 자주 하다 보니 등산객들도 제가 산을 잘 탄다고 생각합니다. 그래서 오르는 도중 섣불리 쉬질 못합니다. (웃음) 책도 많이 읽는다고들 하시니, 곱절로 읽으려고 애쓰게 됩니다. 짐이란 무겁지만 하체를 튼튼하게 합니다.

진심으로 공감할 수 있었다. 김제동은 스스로 했고, 나는 회사 일 때문에 어쩔 수 없이 했다는 차이점은 있지만 말이다. 스스로는 불가능하다고 단정한 것들을 회사에서는 죽이 되든 밥이 되든 해놓으라 했고, 그 덕분에 모르는 일을 꾸역꾸역 하면서 나의 한계는 점점 줄어들었다. 짐을 어깨에 싣지 않으려고 피해 다녔지만, 일단 짐이 얹히고 나면 내려놓을 줄 모르고 어떻게든 목적지까지 가져갔던 그 경험들이 나중에 지나고 보니 모두 나의 하체를 튼튼하게 해주었다.

일반인들은 카피라이터라고 하면 유명 연예인이 나오는 TV CF를 만드는 직업인 줄 안다. 광고인이 되기 전의 학생들 역시 그런 멋진 CF를 만들겠다는 꿈을 가지고 카피라이터가 된다. 하지만 현실이 그렇지 않다는 걸 알게 되는 데는 한 달이면 충분하다. 이상과 현실의 괴리 사이에서 흔들리며 신입 카피들은 "왜 카피라이터에게 카피 외의 잡무를 시키죠?" 묻는다. 자신은 멋진 카피를 쓰기 위해 카피라이터가 되었지, 광고주에게 영업을 하기 위해 혹은 연하장이나 사장님 신년사를 쓰기 위해 카피라이터가 되진 않았다는 것이다.

이럴 때 선배들은 하나같이 '배워두라'고 말한다. 잡무라고 생각하는 그 일이 훗날 자신을 먹여 살리게 될지도 모르기 때문이다. 영업할 줄 모르고, 자료 찾을 줄 모르고, 청첩장 따위 쓸 줄 모르는 카피라이터는 회사라는 조직에서 튕겨져 나오면 쓸모없어진다.

카피라이터뿐만이 아닐 것이다. 세상의 어떤 직업이 딱 그것만 하게 되어 있을까? 선생님들도 수업만 한다면 교사 생활 할 만하다고 말한다. 교육청에서 내려오는 각종 공문 수발, 체육대회와 소풍, 현장학습, 하교 지도와 식사 지도, 수시로 벌어지는 각종 대회와 교사 연수 등 말도 못할 잡무가 많다.

내가 처음 들어간 대기업에서 신입사원 연수가 끝나고 각 사에 배치되었을 때 동기들은 전부 자신이 하는 일에 기막혀 했다. 건축학과 나와서 백화점에 들어간 동기는 주말에 불려 나와 세일 기간 중 미어터지는 고객들을 몸으로 막는 인간 방패가 되어야 했으며, 총무과에 들어간 동기는 주차증 발급과 식권 정산이 주업무였다. 회계 전공이 마음에 안 들어 전공을 바꿔 경영대학원까지 나온 언니는 회계부서에 배치되어 다시 회계 일을 했을 뿐만 아니라 그 지

선배들은 하나같이 '배워두라'고 말한다.

잡무라고 생각하는 그 일이 훗날 자신을 먹여 살리게 될지도 모르기 때문이다.

겨운 회계 학원까지 다녔다.

내가 신입사원을 받는 입장이 되었을 때도 소통을 가로막는 것은 언제나 잡무였다. 잡지 뒤표지의 광고 편집 업무를 가르쳐주려고 한글 폰트 조정하는 법, 예쁘게 보이는 편집 요령 등을 설명하고 있는데, 신입사원이 건성으로 "예예, 그건 알았으니까요, 다른 거 가르쳐주세요" 했다. 자기는 이런 저급한 업무를 하러 들어온 사람이 아니라는 소리다. 나는 정색을 하고 말했다.

"네가 5분 안에 이걸 해치울 수 없다면 그건 아는 게 아니야. 지금부터 내가 나갔다 올 때까지 이 뒤표지 10개 완성해놔. 이거 못하면 다음 단계로 못 넘어가."

결국 그녀는 3개월을 못 버티고 회사를 관뒀다.

한번은 디자이너 면접을 보는데 대학원을 졸업한 학벌 좋은 여자가 왔다. 싹싹하고 포트폴리오도 좋길래 합격시켰다. 입사 첫날 광고 지면을 만들라는데도 자신이 만든 패키지 디자인을 보여주면서 "예쁘죠?" 하며 자랑스러워하던 그녀는 마감 시간이 다가오자 패닉 상태에 빠졌고, 결국 그날부로 그만뒀다. 우리에게 필요한 건 오랜 시간을 들여 멋지게 만들어낸 패키지 디자인이 아니라 마감 시간을 어기지 않고 광고 지면을 완성할 수 있는 능력이었다. 그녀는 그런 능력이 없었을뿐더러 그런 하찮은 일을 문제 없이 끝내는 데 능력이 필요하다는 사실조차 모르고 있는 것 같았다. 결과물이 멋지지도 않고 아이디어도 필요 없는 일을 쉽게 보다가 막상 일을 해보고서야 잔손질이 많고 교정해야 하는 것투성이라 시간이 모자랐다. 아무나 할 수 있는 일이라는 듯 건성건성 하던 그녀는 결국 지면을 빵꾸낼 위기에 처해서야 울다가 나갔다.

그러므로 이 땅의 대학생들에게 한마디. 들뢰즈의 사유도 좋고 베네통의 브랜드 전략도 좋다. 실컷 공부해라. 하지만 4학년 때부터는 좀스러운 것들에 익숙해지도록 연습해라. 우리가 그렇게 고상하게 살지는 못할 수도 있음을 늘 염두에 두라. 세상살이에서 사소함에 익숙해지지 못하는 게 얼마나 큰 고통인지 배우게 될 테니까.

하루의 일정 시간을 어김없이 오늘의 야근 가능성, 기안문과 시행문 폰트의 동일성 여부, 전결의 허용 범위, 수의계약 범위, 오늘의 점심 메뉴 등을 고민하는 동시에 토너 없는 프린터, 송신 불가한 팩스, 박스에 들어가지 않는 자료, 빈자리 없는 회의실 등과 싸우며 보내는 것. 그것이 바로 직장 생활이다. 그러니 당신이 백수라는 감옥을 탈출하더라도 광명의 자유세상으로 들어가고 있다고 낙관하진 마라. 혹시 그곳은 낙숫물로 사람을 죽인다는 전설의 고문실일 수도 있다.

응? 더 박진감 넘치게 사는 사람도 있지 않겠냐고? 물론 있겠지.

나도 내가 그 범주에 속할 줄 알았다. 아마 우리 선배님도 그랬을 테고.

제목만으로는 반항적인 대학생의 일기 같아 보이는 《위풍당당 개청춘》은 의외로 현실감각이 뛰어난 직장인의 일기다. 3년 동안 백수로 전전긍긍하다 공기업에 입사한 저자는 대학에서 막연하게 동경하던 회사와 실제 회사가 완전히 다르다는 사실을 알아간다. 약간 시니컬하지만 워낙 글을 재미있고 쫄깃하게 쓰는 관계로 단숨에 읽어버린 이 책 곳곳에는 말단 직원의 설움과 밥벌이의 치사함이 드러난다. 자기계발서가 아니더라도 직장인들의 에세이엔 대체로 자신의 일을 보기 좋게 포장하고자 하는 욕구가 드러나는데, 이 책은 그런 포장이 없어서 마음에 든다.

우리는 일에 차별을 둔다. 어떤 일이 더 중요하고, 어떤 일은 덜 중요하다고 생각한다. 그 생각은 대체로 맞지만, 가끔은 틀리기도 한다. 그리고 신입일 때는 전문직이든 일반직이든 중요한 일을 맡기지 않는다. 중요한 일은 하찮다고 생각하는 일들을 다 통과한 후에야 주어지곤 한다. 하찮은 일들을 하찮게 여기면 중요한 일은 영영 오지 않는다. 왜냐면 중요한 일은 튼튼한 하체만이 버틸 수 있기 때문이다.

139

1년차의 책, 10년차의 영화

　신촌 아트레온 극장 앞을 지나다가 빌딩 5층을 뒤덮은 거대한 현수막을 봤다. 보라색 현수막 안에 '악마는 프라다를 입는다'라고 적혀 있었다. 새로 나온 책 광고였다. 미드〈섹스 앤 더 시티〉의 팬이자, 칙릿《쇼퍼홀릭》의 열혈 독자이자, 잡지사 기자로 일했던 경력자로서 제목만 보고도 느낌이 왔다.

　"저 책은 꼭 봐야겠어!"

　《악마는 프라다를 입는다》는 미국 패션지〈보그〉의 악명 높은 편집장 안나 윈투어 밑에서 어시스턴트로 1년간 일한 작가가 자신의 경험을 토대로 쓴 소설이다. 제목의 '악마'는 편집장 미란다를 지칭한다. 미란다는 고가의 에르메스 스카프를 냅킨처럼 쓰고 버리는 패션 피플이며, 한밤이고 새벽이고 없이 전화해대는 악독한 상사이며, 아직 인쇄되지도 않은 해리포터 원고를 구해오라고 요구하는 극성 엄마다. 무소불위(無所不爲)의 권력자이지만 능력에 있어서는 의심받지 않는 편집장으로 세계 최고 패션지 〈런웨이〉의 얼굴이다.

그런 멋진 주인공이 나오는데도 소설은 기대했던 것보다 재미가 없었다. 악마 같은 미란다 밑에서 일하려니 힘들기도 하겠지만, 시종일관 징징대는 앤드리아 때문에 재미가 반감됐다. '어느 직장이 그 정도 힘도 안 들겠니? 제발 그만 징징거려!' 하는 소리가 목구멍 대신 미간을 타고 올라온 탓에 내내 미간을 찌푸리고 읽었다. 이미 직장 생활 12년차에 접어들던 때였으니 나는 신입사원 앤드리아보다는 편집장 미란다의 연차에 가까운 사람이었다. 만약 1년차 때 이 책을 봤더라면 재미있었을까?

언젠가 어느 대기업 신입사원이 올린 사직서가 인터넷을 떠돈 적이 있다. 자신이 바라던 직장은 이런 곳이 아니었고, 선배들을 보니 자신도 그런 사람으로 나이 들어갈까 두려워 사표를 쓴다는 내용이었다. 그 글을 놓고 사람들이 갑론을박했다. 동의한다는 사람 반, 1년차가 뭘 아느냐는 사람 반이었다. 나는 후자였다. 1년은 일이 뭔지를 알기에는 한참 부족한 시간이다. 어쩌면 자신은 1년간 회사를 위해 열심히 일했다고 생각할지 모르지만, 회사나 선배의 입장에서 1년차는 일을 하는 사람이 아니라 일을 배우는 사람이다.

그때까지는 아직 비판하기를 좋아하고 불만을 터뜨리고 있을 때이며, 왜 윗사람들이 저것밖에 안 되면서 저 자리에 앉아 있는지 이해할 수 없는 시기이기도 하다.

"미란다한테 친구가 하나도 없는 거 알아챘어요, 에밀리? 늘 세상에서 가장 멋진 사람들이 전화하지만, 아이들이나 일 얘기, 결혼생활 얘기 같은 건 전혀 안 하잖아요. 그들은 단지 뭔가 필요해서 그녀에게 전화할 뿐이죠. 물론 멋있어 보이긴 하죠. 하지만 누가 당신한테 그런 이유로만 전화한다고 생각해봐요."

"그만해!" 그녀가 다시 눈물을 흘리며 외쳤다. "입 닥치란 말이야! 이제 이곳의 모든 걸 안다고 생각하는 모양이지? 속이 비비 꼬여서 남들 꼭대기에 올라앉았다고 착각하는 철부지 주제에! 넌 아무것도 몰라, 아무것도!"

"에……."

"날 그렇게 부르지 마. 마저 들어. 미란다는 남을 힘들게 하는 사람이야. 가끔 그녀가 미치광이 같다는 것도 알아. 나 역시 한 번도 푹 자본 적이 없어. 그녀가 전화할 때마다 두렵고, 친구들의 이해를 전혀 받지 못하는 게 어떤 건지도 알아. 다 안다고! 하지만 그게 그렇게 싫다면, 그리고 그녀와 다른 사람들에 대해 불평밖에 늘어놓을 게 없다면, 왜 당장 그만두지 않지? 문제는 당신의 태도야. 미란다가 미쳤다고? 밖에 나가봐. 사람들은 그녀를 재능 있고 멋지고 뛰어난 사람이라고 생각해. 오히려 그렇게 멋진 사람을 최선을 다해 돕지 않는 당신이 미쳤다고 생각할 거야. 왜 그럴까? 그녀가 멋지기 때문이야. 앤디, 이건 정말이야. 그녀는 진짜 멋지 단 말이야!"

언제나처럼 미란다의 뒷담화를 하려던 앤드리아는 사수 에밀리에게 꾸중을 듣는다. 에밀리도 더 이상 들어줄 수가 없었던 모양이다. 작가가 조금 더 직장 생활을 했더라면, 에밀리 정도의 위치까지라도 올랐더라면 그녀는 어쩌면 이런 소설을 쓰지 않았을지도 모른다.

책을 읽고 몇 달이 지나지 않아 영화 〈악마는 프라다를 입는다〉가 개봉했다. 카리스마의 지존 메릴 스트립이 미란다로, 예쁜 앤 해서웨이가 앤드리아로 나왔다. 영화는 책보다 나았다.

소설 《악마는 프라다를 입는다》에서는 풋내가 났다. 자신이 경험했던 일을 그때의 감정 그대로 써내려가는 작가에게서는 초보 작가의 풋내가, 직장에서 오로지 자신이 받는 부당한 대우에만 분노하는 주인공에게서는 신입 직원의 풋내가 났다. 책을 읽으며 "너도 몇 년만 거기서 일해봐라. 악마 안 되나 보자" 했다. 그런데 영화는 책에서 취할 수 있는 캐릭터와 구조만 취하고 이야기가 어른스러워졌다. 책이 아마추어 냄새를 풀풀 풍기고 있었다면, 영화는 프로가 만든 것처럼 매끈했다.

책에서는 마지막에 앤드리아가 "나쁜 년, 엿 먹어!"라고 소리치고 뉴욕으로 돌아와 자기가 쓴 칼럼을 여러 군데 보낸다. 그중 한 잡지사에서 연락이 와 면접을 보러 갔더니 그곳 편집장이 미란다를 싫어하는 여자여서 함께 미란다의 뒷담화를 하며 마음이 통해 앤드리아를 합격시킨다. 영화에서는 앤드리아가 신문사 〈뉴욕 미러〉에 지원하자 그곳 편집장이 〈런웨이〉에 연락해 앤드리아가 어떤 사람인지 물어본다. 미란다가 "그녀는 나를 가장 실망시킨 비서이지만, 그녀를 뽑지 않는다면 당신은 멍청이다"라는 추천서를 팩스로 보내고, 그 덕분에 앤드리아는 합격하게 된다. 나는 이 부분에서 주책없게 눈물이 핑 돌았다.

회사 다닐 때 나를 괴롭혔던, 하지만 내 능력에 대해서는 인정해주었던 몇몇 상사들의 얼굴이 머리를 스치고 지나갔다. 그런 상사들은 미워서 죽이고 싶을 때도 있었지만, 남들이 욕을 하면 그렇지만은 않다고 변호하게 된다. 영화에서 앤드리아 역시 자신은 미란다가 미워 죽겠어도 남들이 미란다를 욕하면 "만약 미란다가 남자였다면 능력 있다고 했겠죠" 하며 편을 든다.

아무리 악마라도 그 자리까지 올라온 악마라면 최소한 일에 있어서만큼은 프로다. 그런 사람은 자신의 자리를 위협하는 라이벌은 제거해도, 자신을 위해 일해준 사람에게 아량을 베풀 줄 안다. 현실적으로도 어시스턴트가 칼럼을 돌려서 연락받을 확률보다는 지원서를 넣고 미란다 같은 상사에게 추천서를 받는 편이 훨씬 취직 확률이 높다.

나는 소설 《악마는 프라다를 입는다》를 1년차가 쓴 책으로, 영화 〈악마는 프라다를 입는다〉를 10년차가 만든 영화로 봤다. 그런데 한 가지 켕기는 것이 있다. 책을 읽을 때 나는 직장에서 앤드리아처럼 일은 못하면서 불만이 많은 부사수를 데리고 있었다. 그러나 몇 달 후 영화가 개봉했을 때는 마지막 직장에 사표를 낸 뒤 놀고 있었다. 그러니 책과 영화에 대한 소감이 다른 까닭은 풋내 나는 소설과 노련한 영화의 차이가 아니라, 매일 출근하여 부사수를 못살게 굴던 악마 같은 사수와, 직장을 제3자가 되어 느긋하게 바라보는 백수의 입장 차이 때문이 아닐까 싶다.

퇴사하고 몇 달 만에 결혼식 피로연장에서 전 직장 동료들을 만난 적이 있는데, 회사 다닐 때는 일도 못하고 게으름 피워서 치를 떨며 싫어했던 직원이 오랜만에 보니 매너도 좋고 외모도 준수해서 '전에는 왜 그토록 이 사람을 싫어했지?' 의아스러웠다. 그런 내 생각을 말했더니 아직 그 직장에 다니고 있었던 후배가 "언니,

나도 회사 그만두고 나면 저 사람들이 예뻐 보일까요? 내게도 그런 날이 올까요?" 애절하게 물었다. 이해관계가 충돌하지 않으면, 제3자의 입장에서 멀찍이 떨어져 보면 어떤 사람도 괜찮아 보인다.

그러니 직장을 그만두고 본 영화가 재미있었던 것은 어쩌면 당연한 일이다. 오죽하면 영화를 보고 나오는데 불현듯 직장 생활이 그리워졌겠는가. 지옥철 안에서 부대끼다 보면 출근 하루 만에 후회할 게 뻔한데도, 영화 한 편 보고서 직장 생활이 그리워지는 걸 보면 인간은 망각의 동물인 것이 틀림없다.

몽블랑 만년필 카피를 쓰는
200원짜리 플러스펜

《언더커버 리포트》를 읽던 때에 나는 모 백화점의 매거진을 만들고 있었다. 30~40대 남성 VIP 고객들을 대상으로 하는 이 매거진은 얼마 이상의 돈을 쓰지 않는 사람들에게는 배달되지 않는 럭셔리 잡지였다. 여러 기획거리들이 식상하거나 평민스럽다는 이유로 반려되고, 겨우 통과된 내용들이 몽블랑 만년필, 수공예 명품 시계, 호주 골프 투어 등이었다. 적게는 수십만 원에서 많게는 수천만 원의 예산이 필요한 라이프스타일에 관한 기사를 쓰며《언더커버 리포트》를 읽자니 인생이 코미디 같았다. 럭셔리 매거진을 만들기 위해 충무로의 다 쓰러져가는 사무실 구석에 앉아 배달 온 짜장면을 먹으며 밤을 새는 것 자체가 코미디였지만, 책이 그 상황을 더 아이러니하게 비춰주었다.

독일에는 '발라파'라는 말이 있다고 한다. 이 책의 저자인 귄터 발라프의 이름에서 따온 단어로 '잠입취재'를 뜻한다. 그만큼 귄터 발라프는 잠입취재에 능한, 요즘 시대에는 찾아보기 힘든 사명감 있는 기자다.

《언더커버 리포트》는 귄터 발라프가 분장을 하고 가발을 쓰고 잠입취재한 르포집이다. 그는 때로 흑인으로 분장을 하기도 하고, 콜센터에 취직하기 위해 나이를 속이기도 한다. 냄새나는 누더기를 주워 입고 노숙자들과 뒹굴거나 빵공장에서 화상을 입어가며 빵을 포장하기도 한다.

그가 흑인이 되었을 때, 사람들은 방을 빌려주지도 않고 사냥 허가를 내주지도 않는다. 백인에게는 너무나 당연한 권리가 흑인에게는 아무 이유 없이 거부된다. 그러면서도 사람들은 인종차별이라는 말을 듣지 않기 위해 구구한 변명을 한다.

'그 사람들을 싫어하는 것은 아니다. 그런데 다른 곳으로 갔으면 좋겠다.' 이것은 아마도 인종차별의 새로운 버전인 것 같다. 예전의 인종차별은 이방인의 인권과 생존권을 아예 빼앗아버렸고 만약 그들이 백인의 영토로 넘어오면 가차 없이 폭력을 휘둘렀다. 하지만 현대의 인종차별주의자들은 외국인을 다르게 대한다. 그들은 외국인들이 일정한 거리를 유지하는 한, 오히려 그들의 인권과 생존권을 드높여준다. 하지만 자기들만의 고유한 세계에서는 여전히 외국인들을 멸시하고 있는 것이다.

하노버에 있는 노숙자 숙소는 밤이 되면 밖에서 문을 잠근다. 그러면 숙소 안에서 행여 칼부림이나 화재가 나도 피할 길이 없다. 노숙자 재활센터에서는 죽은 노숙자의 관을 옮기는 일이 맥주 박스를 옮기는 일과 같은 취급을 받는다.

나는 죽은 이를 너무 서둘러 옮겨놓은 것이 마음에 걸려 초를 켜고 잠시 있자고 제안했다. 나에게는 이 모든 과정이 마치 쓰레기를 처리하는 듯한 느낌이 들었기 때문이다. 하지만 그 남자들은 내 제안을 뿌리치고 가버렸다. 우리는 각자 생각에 잠겨 그곳에 잠시 서 있다가 발길을 돌렸다.

'마을'에 돌아온 나는 '특별수당 정보'가 걸려 있던 곳으로 다시 가보았다. 무언가를 봤던 기억이 났기 때문이다. 가서 보니 정말로 맨 마지막 단 '맥주 옮기기와 장례 때 주어지는 특별수당' 항목에 다음과 같이 쓰여 있었다. "맥주를 옮기는 것을 도우면 2.5유로가 주어진다. 또한 장례식 때 관을 옮기는 일을 도울 때에도 2.5유로가 지급된다."

인종차별과 노숙자 문제뿐만 아니라 텔레마케팅 업체의 사기 술

수와 대형 마트에 납품하는 빵공장의 열악한 노동환경은 읽는 사람의 가슴을 답답하게 만든다. 마지막 장인 '노조 없는 세상 만들기'에서는 노조를 와해하기 위해 대기업에서 천문학적인 돈을 주고 변호사를 고용하여 얼마나 비열하고 치사한 짓을 벌이는지가 자세하게 나와 있다.

책에는 발라프가 직접 취재하지는 않았지만 스타벅스의 열악한 노동환경에 관해서도 나온다. 그래서 이 책을 읽고 나면 스타벅스 회장 하워드 슐츠가 《온워드》라는 두꺼운 책에서 열정적으로 자기 사업의 뛰어난 점을 피력해도 그게 곧이곧대로 들리지 않는다. 나에게 스타벅스 커피를 만들어주는 사람은 하워드 슐츠가 아니라 지점에서 하루 열 시간씩 다리가 퉁퉁 붓도록 서 있는 바리스타이기 때문이다.

노동자들 속으로 들어가 직접 노동을 하며 책을 쓴 귄터 발라프의 후배들이 우리나라에도 있다. 〈한겨레21〉 기자들이 쓴 《4천원 인생》이 바로 그런 책이다. 사회팀 기자 네 명이 각각 시급 4천 원짜리 노동에 투입되어 한 달을 일하고 쓴 기사를 모았다. 임지선 기자는 갈빗집과 감자탕집에, 안수찬 기자는 대형 마트의 양념불고기 굽는 매대에, 전종휘 기자는 마석가구단지에, 임인택 기자는 안산 난로조립 공장에 취직한다. 그들은 거기서 여성 근로, 고졸 아르바이트, 이주노동(불법이민), 공장 파견을 경험하며 노동의 고달픔과 절망을 맛본다.

그중에서도 같은 여자로서 갈빗집과 감자탕집 아주머니들의 현실은 내게 뼈아프게 다가왔다. 생리통이 심할 때도 그릇이 쌓여 있는 냉장고 앞 바닥에 엎드려 있을 수밖에 없다는 말에 생리통이 있는 나는 아랫배가 살살 아파왔고, 잠시 쉴 틈도 없는 아주머니들에게 오리와 개를 데려와 키우라고 하는 사장의 행태를 보면서 분노를 느꼈다.

이 아주머니들의 이야기를 읽고 있을 때, 대학로의 한 식당에 간 적이 있다. 식당에는 홀에 두 명의 서빙 직원, 주방에 네 명의 아주머니가 있었는데도 손발이 맞지 않아 고래고래 소리를 지르고, 음식은 주문한 뒤 오랜 시간이 지나서야 나왔다. 평소였다면 종업원들의 불친절에 혀를 차고 음식이 왜 이리 늦게 나오느냐며 투덜거렸을 텐데 《4천원 인생》의 식당 아주머니가 생각나서 차마 그럴 수가 없었다. 그저 내내 가시방석에 앉은 듯 불편했을 뿐이다. 이 글이 먼저 주간지에 연재되었을 때 많은 다른 독자들도 나처럼 "왜 이렇게 내 마음을 불편하게 하느냐?"고 했다.

기자들은 딱 한 달간 일했다. 하지만 그 한 달의 경험이 많은 것을 바꾸어놓았다. 갈빗집과 감자탕집에서 일한 임지선 기자는 더 이상 식당 아주머니를 재촉하지 않게 되었고, 마트에서 불고기를 구운 안수찬 기자는 더 이상 구운 고기를 먹지 않는다고 한다. 한 달의 노동이 입맛마저 바꿔놓았다.

　벌이가 없던 시절에 일당 2만 원짜리 아르바이트를 한 적이 있다. 농협의 서류를 정리하는 작업으로 한 박스를 정리하면 5천 원을 준다고 했다. 웬 떡이냐 하며 찾아갔더니 수백 장의 서류를 철해놓은 노끈과 스테이플러 심을 빼서 한 장씩 차곡차곡 쌓는 일이었다. 말로 하면 세상에 이만큼 쉬운 일이 있을까 싶지만, 실제로 해보면 땀이 솟고 팔이 후들거릴 정도로 힘들다. 스테이플러 심은 종이 속에 꽉 박혀 빠져나오질 않고, 그걸 펜치로 빼내려면 의자에서 일어서서 젖 먹던 힘까지 끄집어내서 당겨야 한다.

　한 박스 안에는 최소 스무 개 이상의 서류뭉치가 누워 있고, 도대체 얼마를 더 해야 박스 바닥을 볼 수 있을지 알 수 없었다. 나는 손재주도 없고 요령도 없어서 함께 간 다른 친구들보다 속도가 배나 느렸다. 그렇게 일곱 시간 내내 먼지구덩이에서 일한 결과 2만 원에서 몇백 원 빠지는 돈을 받았다. 그 돈은 당일 점심 값과 일을 마친 후 마신 맥주 한 잔 값으로 흔적도 없이 날아갔다.

　그날 일곱 시간 동안 스테이플러 심을 빼며 결심했다. '하루에 일곱 시간 글을 쓰는 게 이것보다 힘들까. 그러니 앞으로 매일 일곱 시간씩 부지런히 글을 쓰자. 글쓰기에 꾀가 날 때는 오늘을 생각하자. 스테이플러 심 빼기가 얼마나 힘들었는지만 기억하면 꾀부리지 않고 글쓰기에 매진할 수 있을 것이다'라고.

단 하루의 아르바이트에 호들갑을 떠는 나도, 한 달 동안 일하고 기사를 쓴 기자들도 평생 그 일을 하는 분들 앞에 서면 작아진다. 우리는 시급 4천 원 인생이 아니고, 제3자다. 그래서 전종휘 기자는 공단의 외국인 노동자들에게 보내는 편지에 미안하다고 적는다.

> 그대들에게는 삶인 고단한 노동을 잠시만 경험하고 떠나서 미안합니다. 미등록 이주노동자들을 필요할 땐 놔두고 그렇지 않으면 기를 쓰고 붙잡아 나라 밖으로 내동댕이치는, 그런 편협한 민족국가의 국민이어서 미안합니다. 그대들의 아픔은 여전한데, 타카핀 박힌 내 엄지손가락의 상처는 다 나아서 미안합니다.

그 미안함이 나에게도 전해져 눈물이 났다.

> 연대의 가치를 내세우고 비판적으로 이의를 제기하면 사람들은 의심의 눈초리로 보거나 비방하곤 한다. "현실에는 다른 대안이 없다, 이상!"

독일의 사정을 알아보기 위한 여행에서, 나는 더 나은 세상에 대한 희망을 버리지 않고 그것을 위해 싸우는 용기를 보여준 사람들을 만날 때마다 힘을 얻을 수 있었다. 하지만 오늘날 점점 더 많은 사람들이 '가장 밑바닥'에 떨어질 위험에 처해져 있다는 것을 생각하면, 용기 있는 사람들의 수는 여전히 너무 적다.

귄터 발라프는 《언더커버 리포트》의 말미에서 연대와 용기에 대해 얘기하면서 용기 있는 사람들의 수는 여전히 너무 적다고 썼다.

이들의 글에 공감했던 나는 《4천원 인생》이 꽂힌 책상 앞에 앉아 그분들의 1년 연봉을 모아도 살 수 없는 명품 시계 카피를 쓰고 있다.

삶은 남루하고, 노동은 구차하다. 차라리 내가 쇠똥 냄새 진동하는 부뚜막에 앉아 쇠여물에 대한 기사를 쓰고 있다면 이토록 구차하지 않을 것이다. 나는 200원짜리 플러스펜으로 수백만 원대의 몽블랑 마이스터스튁 만년필 카피를 쓴다. 운전면허증도 없으면서 수입차 프로모션 기사를 쓴다. 외국어를 잘하는 길이란 매일 꾸준히 계속하는 방법밖에 없다는 걸 알면서도 '하룻밤에 끝내는 일본어'라고 책 제목을 짓는다.

내가 하는 일은 시급 4천 원 알바보다 떳떳치 못하다. 그들보다 덜 정직하기에 좀 더 여유 있게 산다. 내가 하는 노동을 이렇게 적나라하게 고백하는 이유는 《4천원 인생》의 추천글에서 칼럼니스트 박권일이 이렇게 말했기 때문이다.

200원짜리 플러스펜으로 수백만 원대의 만년필 카피를 쓴다.

운전면허증도 없으면서 수입차 프로모션 기사를 쓴다.

외국어를 잘하는 길이란 매일 꾸준히 하는 방법밖에 없다는 걸 알면서도

'하룻밤에 끝내는 일본어' 라고 책 제목을 짓는다.

155

그리하여 책을 덮을 때에는 알게 될 테다. 노동의 막장에 내몰린 그/녀들만이 아니라 재벌과 가진 자들의 정부 앞에서 실은 우리 모두가 투명인간 취급을 당하고 있다는 사실을. 우리는 단지 상품을 구매하는 딱 그 순간에만 겨우 인간대접을 받을 수 있다는 사실을.

《4천원 인생》은 노동자라면, 아니 미래에 대한 불안에 시달리는 사람이라면 누구나 읽어야 한다. 하지만 읽고 끝내버려서는 아무것도 변하지 않는다. 다른 누구도 아닌 나 자신의 노동에 대해서 이야기해야 한다. 경험을 공유하고, 문제점을 지적하고, 불평불만을 시끄럽게 늘어놓으시라. 현실을 바꾸는 건 거기서부터다.

지친 목요일,
속마음을 꺼내 읽다

《청춘의 문장들》, 김연수 지음, 마음산책
《랄랄라 하우스》, 김영하 지음, 마음산책
《아웃라이어》, 말콤 글래드웰 지음, 노정태 옮김, 김영사
《건투를 빈다》, 김어준 지음, 푸른숲
《라디오 지옥》, 윤성현 지음, 바다봄
《줄리&줄리아》, 줄리 파월 지음, 이순영 옮김, 바오밥
《우리가 보낸 순간 : 소설》, 김연수 지음, 마음산책

#4 꿈

:
·
·

남루한 일상의 희망

카피가 내 글이 될 수 없는 이유

월급을 꼬박꼬박 타는 대가로 "하찮아 보일지 몰라도 보람 있는 일이라구!" 하며 애써 보람을 찾다가도 어느 날 떨어지는 낙엽을 보면서 "그런데, 내 꿈이 뭐였더라?" 하는 시기가 직장인이라면 누구에게나 찾아온다.

나는 낙엽 대신 초록물이 드는 잎사귀를 보면서 "아, 이제 내 글 쓰고 싶다"는 말이 튀어나왔다. 광장시장에서 주걱을, 남대문시장에서 세숫대야를 사들고 회사로 들어오던 도중이었다. 드라마에서라면 당장 주걱과 세숫대야를 내팽개치고 회사로 들어와 멋지게 사직서를 날리고 밖으로 나가 "나는 자유다!"를 외쳤겠지만, 현실의 나는 사직서를 쓰는 대신 퇴근 후 들을 수 있는 시나리오 학원에 등록했다. 일주일에 하루, 단 두 시간이었지만, 사막 같은 직장 생활에 샘을 판 것처럼 달디 단 시간이었다.

함께 시나리오 배우는 사람들이 물었다.

"카피라이터는 글 쓰는 직업이 아닌가요? 그런데 왜 또 글 쓰는 강의를 들으세요?"

나뿐만 아니라 동료 카피라이터들도 주변 사람들에게 비슷한 질문을 받는다. 시나 소설이나 드라마나 카피나 다 같은 글이 아니냐고. 왜 글 쓰는 걸 직업으로 가지고 있으면서 또 글을 쓰겠다는 거냐고 묻는다. 우리는 대답한다.

"카피는 글이 아니니까."

카피는 글이 아니다. 그럼 뭔가? 침대는 가구가 아니라는 광고 카피를 빌려 대답하자면 카피는 과학이다. 어떤 상품의 카피를 쓴다고 할 때 가장 먼저 할 일은 그 상품에 대한 분석이다. 시장에서 이 상품은 어느 위치에 있고, 우리는 어떤 부분을 공략해야 하며, 그러자면 어떤 매체를 이용하는 게 좋고, 카피와 비주얼 전략은 어떻게 나와야 한다는 오랜 토의 끝에 전략이 세워지면, 거기에 맞춰 카피를 쓰게 된다.

멋진 카피 한 줄이 나왔기 때문에 거기에 맞춰 일이 진행되는 경우는 거의 없다. 말하자면 카피는 마케팅 전쟁에서 고객에게 다가가는 전술의 일부분일 뿐이다. 그리고 그 내용은 이러니저러니 해도 결국 '이 물건 많이 사주세요'이다.

또한 작가는 자신의 글을 쓰지만 카피라이터는 광고주의 글을 써준다. 내가 아무리 명문장을 써도 광고주의 마음에 들지 않으면 그 카피는 광고가 되지 못한다. 차마 내가 썼다고 인정하기 싫은 글도 광고주의 마음에 들면 세상에 선을 보이게 된다. 그러므로 내가 쓰지만 카피는 내 글이 아니다.

나는 카피라이터로 일하는 동안 많은 것을 배웠다. 그냥 흘러버릴 한 줄을 누군가의 눈길을 사로잡는 한 줄로 바꾸는 방법이라든가 중언부언의 지루한 문장을 듣기 좋고 생동감 있는 문장으로 바꾸는 기술 같은 것들. 그렇게 배운 기술로 이제는 내 글을 쓰고 싶었다.

소비자에게 먹히는 대중적인 글쓰기를 한 덕분인지 카피라이터 출신으로 작가가 되어 성공하는 사람들이 늘어났다. 그 선배들의 성공담은 나를 들뜨게 했다. '왕입니다요!'라는 카피를 쓰던 카피라이터가 어느 날 사표를 내고 독하게 소설을 쓰더니 한 해 동안 우리나라의 소설상이라는 소설상은 다 휩쓸었다더라, 국내 굴지의 광고회사에서 일하던 카피라이터가 시나리오 공모전에 당선되어 영화가 만들어진다고 하더니 두 번째 영화로 대박을 쳤더라는 소문이 꼬리에 꼬리를 물었다. 한국에 박민규와 윤제균이 있다면, 일본에는 오쿠다 히데오, 유이카와 케이가 있었고, 멀리 프로방스에는 피터 메일이 있었다. 세계 곳곳에 카피라이터 출신 작가들이 등장했다. 카피라이터가 작가가 되는 건 대세라며, 내가 작가가 된 것도 아닌데 괜히 어깨에 힘을 주고 다녔다.

　나의 글을 쓸 시간을 확보하기 위해 야근이 많고 주말근무가 잦던 회사에서 칼퇴근 하는 회사로 이직했다. 그런데 옮겨온 회사에서 나는 자괴감에 빠졌다. 사장님이 조사부터 쉼표까지 일일이 간섭하는 스타일이었고, 나의 역할이란 사장님의 말을 받아쓰는 게 전부였다. 아무리 광고가 광고주의 작품이라지만 카피라이터 차장이라는 직함을 달고 매일 사장실에서 받아쓰기를 하려니 죽을 맛이었다.

　집에서는 시나리오를 쓰고, 회사에서는 카피를 쓰는 시간이 길어지자 어떻게 하면 회사를 그만둘 수 있을까 궁리하던 나에게 소설가 김연수가 '키친 테이블 노블' 이라는 단어를 가르쳐주었다.

　　누군가 그런 소설을 가리켜 '키친 테이블 노블' 이라고 말했다. 식탁에 앉아서 쓰는 소설이라는 뜻인데, 전문적인 소설가가 아니라 일반인의 처지에서 쓴 소설이 크게 인정받았을 때 붙이는 이름인 듯하다.
　　키친 테이블 노블이라는 게 있다면, 세상의 모든 키친 테이블 노블은 애잔하기 그지없다. 어떤 경우에도 그 소설은 전적으로 자신을 위해 씌어지는 소설이기 때문이다. 스탠드를 밝히고 노트를 꺼내 뭔가를 한없이 긁적여 나간다고 해서 변하는 것은 아무것도 없다. 그런데도 어떤 사람들은 직장에서 돌아와 뭔가를 한없이 긁적이는 것이다. 그리고 이상한 일이지만 긁적이는 동안 자기 자신이 치유받는다. 그들의 작품에 열광한 수많은 독자들에게는 미안한 일이지만, 키친 테이블 노블이 실제로 하는 일은 그 글을 쓰는 사람을 치유하는 일이다.

김연수 역시 직장을 다니며 글을 썼고, 지루한 봄과 여름을 견디려고 쓴 소설이 공모전에 당선되면서 소설가로 데뷔했다. 이제 그는 두 번 다시 키친 테이블 노블을 쓰지 못한다며 아쉬워했다.

《청춘의 문장들》에 나온 이 글을 읽고 나는 마음을 고쳐먹었다. 직장을 그만두고 집필에 몰두하는 대신 퇴근 후 부엌 식탁에서 글을 쓰기로 한 것이다. 나의 키친 테이블 노블 ─ 엄밀히 따지면 노블(novel)은 아니고 북(book) ─ 은 《청춘의 문장들》을 읽고 3년 뒤에 나왔다. 나는 첫 책의 에필로그에 '키친 테이블 노블'에 대한 고마움을 쓰기도 했다.

글을 쓰겠다고 꿈꾸는 사람들은 대체로 직장에 다니며 글을 쓰기보단 전업 작가로 글 쓰고 싶어한다. 그 편이 덜 고달프기 때문이다. 나 역시 5년 동안 직장 생활과 글쓰기를 병행했던 것은 글로

먹고살 수가 없어서였지 그렇게 하는 게 좋아서는 아니었다. 그런데 김영하의 《랄랄라 하우스》를 읽다가 색다른 시선을 발견했다.

김영하는 〈소설의 엔진〉이라는 글에서 〈뉴욕 타임즈〉의 칼럼니스트 로라 밀러의 말을 빌려 예전에는 소설의 동력을 연애로부터 공급받았지만 근친상간에서 동성애까지 연애란 연애가 전부 소설 소재로 쓰여진 마당에 이제 연애는 낡은 엔진이 아닌가 반문한다. 그렇다면 소설의 새로운 엔진은 뭘까? 그것은 바로 '직장' 혹은 '직업'이 아닐까 하고 조심스럽게 제시한다.

> 많은 작가들이 부업(혹은 본업)을 따로 가지고 있다. 그들에게 있어 진짜 일은 글쓰기이며 다른 일은 그저 글쓰기를 위한 하찮은 생계수단일 뿐이다. 그렇게 살다 보면 글쓰기(혹은 예술)는 휘황한 아우라에 둘러싸인 것처럼 느껴지는 반면 직장은 그저 단순한 업무만 반복하는 지옥처럼 느껴질 수 있다. 그들의 꿈은 글만으로 먹고사는 전업 작가가 되는 것이다.
>
> 그러나 독자들은 다르다. 작가들의 생각과는 달리 그들의 글을 읽어주는 독자들은 직장을 사랑한다. (중략) 독자들은 직장을 사랑할 뿐 아니라 그곳에서 벌어지는 다양한 역학관계에 많은 관심이 있다. 그곳은 작가들이 생각하는 것처럼 무미건조한 시멘트 공간이 아닌 것이다. 그러나 우리 작가들은 그곳을 잘 모른다. 그

러니 우리의 주인공들은 소설이 시작하자마자 직장을 나오는 것이다. 이제는 우리의 주인공들을 직장에 머무르게 할 때인지도 모르겠다. 대신 작가들이 그 속으로 들어가야 하겠지만.

아직도 나는 카피 쓰기와 내 글 쓰기를 병행하고 있다. 하지만 요즘은 그 사이를 왔다 갔다 하며 분열을 느끼기보단, 새로운 회사를 만나고 새로운 직장인을 만나는 것에 감사하며 일하고 있다. 카피가 내 글이 아니라 광고주의 글이라고 푸념했지만 그 과정을 통해서 다른 사람을 설득하는 글쓰기 스킬을 배울 수 있었던 것처럼, 직장 생활은 고달프지만 훌륭한 소재가 되어주기 때문이다. 내가 쓰는 글의 주인공은 바로 그런 사람들이고, 나의 글을 읽어줄 독자 역시 그 사람들이다. 그러니 내가 그 속에서 그들을 관찰하고, 그들과 함께 느끼며 공감할 수 있다는 건 얼마나 큰 축복인가!

1만 시간의 힘

내 인생 첫 시나리오를 완성한 뒤 함께 배우는 수강생들 앞에서 리뷰를 받았다. 그날 수업이 끝난 뒤풀이 자리에서 나는 선생님께 물었다.

"저에게 시나리오 작가가 될 싹수가 보이나요?"

그랬더니 선생님이 말씀하셨다.

"나야 모르지. 네가 앞으로 1만 신(scene)을 써보면 그때 스스로 알게 될 거다."

1만 신!

그 말을 처음 들었을 때는 '무슨 농담을 저렇게 살벌하게 하시나' 했다. 보통 시나리오 한 편에는 1백 신 내외의 장면이 들어간다. 1만 신이라면 시나리오 10편도 아니고, 100편을 써봐야, 그때서야 성공한다는 것도 아니고 성공할 수 있을지 없을지 알게 된다는 말 아닌가? 시나리오 한 편을 10번 고쳐 쓴다고 해도 최소한 10편 이상 써봐야 된다는 말이다. 그리고 그렇게 썼을 때가 꼭짓점이 아니라 드디어 출발점이라는 이야기다.

기가 막혀서 말도 나오지 않았다. 아니, 실은 선생님 말이 사실일 거라고 믿지도 않았다. 내가 그 허접한 첫 시나리오를 완성하는 데 꼬박 3개월이 걸렸는데, 100편이면 아무리 못해도 300개월. 300개월이면 30년에서 몇 개월 빠지는 시간이다. 그게 사실이라면 나는 30년 뒤에나 데뷔를 할까 말까 하다는 얘기였는데, 아무래도 아마추어들의 기를 꺾어놓기 위한 선생님의 농담 같았다.

그리고 몇 년 뒤, 내가 좋아하는 글쟁이 말콤 글래드웰의 《아웃라이어》를 읽다가 시나리오 선생님이 했던 말과 비슷한 내용을 발견했다. 세상에는 천재라는 사람들이 실제로 존재하고, 그래서 사람들은 천재란 하늘에서 내는 것이지 노력으로 되는 게 아니라고들 하는데, 미안하지만 천재들도 그만큼 노력했다는 것이 이 책의 요지다. 아웃라이어(Outliers), 즉 '특출한 사람'은 하늘이 준 대단한 재주를 가진 사람이 아니라 1만 시간 이상의 노력과 그것을 가능케 하는 환경 및 자질을 타고난 사람이다.

빌 게이츠의 경우 남들이 컴퓨터가 무엇에 쓰는 물건인지도 모르던 1968년에 퍼스널 컴퓨터를 손에 넣었고, 초등학교 때부터 종일 컴퓨터를 가지고 놀다 보니 대학생이 되었을 때는 세계에서 가장 컴퓨터를 오래 접한 사람이 되어 있었고, 그것이 현재의 마이크로소프트를 만들었다.

천재의 대표 격인 모차르트는 여섯 살에 작곡을 했다고 알려져 있다.

숙달된 작곡가의 기준에서 볼 때 모차르트의 초기 작품은 놀라운 것이 아니다. 가장 초기에 나온 것은 대개 모차르트의 아버지가 작성했을 것으로 보이며 이후 점차 발전해왔다. 모차르트가 어린 시절에 작곡한 협주곡, 특히 처음 일곱 편의 피아노 협주곡은 다른 작곡가들의 작품을 재배열한 것에 지나지 않는다. 현재 걸작으로 평가받는 진정한 모차르트 협주곡(협주곡 9번, 작품번호 271)은 스물한 살 때부터 만들어졌다. 이는 모차르트가 협주곡을 만들기 시작한 지 10년이 흐른 시점이었다.

심지어 어떤 평론가는 모차르트가 작곡을 시작한 지 20년이 넘어서야 명작들이 나오기 시작한 것을 볼 때 모차르트의 재능은 늦게 계발되었다는 망언(?)을 하기도 했다.

선생님의 이야기를 들을 때만 해도 농담이라 여겼던 나는 《아웃라이어》를 읽을 때쯤엔 그 사실을 믿게 되었다. 왜냐하면 당시 나는 이미 5천 신 이상 쓴 상태였고, 그 말이 농담이 아니라는 걸 내

몸이 체감하고 있었기 때문이다.

지금까지 쓴 시나리오와 드라마를 합치면 얼추 8천 신 정도는 쓴 것 같다. 처음 1천 신 정도 썼을 때는 못 만든 영화를 보면서 '저 정도는 나도 쓸 수 있는데, 왜 저 작가는 데뷔를 했고, 나는 못 했나? 내가 운이 없는 건가?' 투덜거렸고, 그 다음 5천 신 정도 썼을 때는 '지금 내가 데뷔한다고 해도 밑천이 금방 드러나서 실패하겠구나' 알아차렸다. 1만 신 고지가 눈앞에 있는 지금도 다른 데뷔한 작가들의 작품과 비교해보면 내가 뒤처진다는 걸 느낀다. 그들은 나보다 훨씬 집중적으로 열심히 시나리오를 썼다. 내가 운이 없다는 건 하룻강아지의 불평일 뿐이었다. '1만 신을 쓴 뒤에 알게 된다'는 것은, 1만 신을 쓸 수 있는 사람은 그 후로도 계속 쓸 수 있지만, 그렇지 못한 사람은 1만 신이 되기 전에 그만둔다는 이야기였다.

'꾸준히' 하는 것은 '열심히' 하지 못하는 사람에게 허락된 방법이다.

'꾸준히'와 '열심히'는 다른 말이다. 나는 목표를 세워놓고 머리를 질끈 동여맨 채 열심히 하는 타입은 못 되지만 내가 좋아하는 걸 꾸준히 할 수는 있다. 포털사이트 다음에 칼럼을 연재할 때만 해도 내가 인터넷 글쓰기를 이토록 오래 하게 될 줄 몰랐다. 그런데 올해로 13년째 블로그를 하고 있다. 블로그를 할 시간에 좀 더 생산

'특출한 사람'은 하늘이 준 대단한 재주를 가진 사람이 아니라

1만 시간 이상의 노력과 그것을 가능케 하는

환경 및 자질을 타고난 사람이다.

적인 걸 하라며 혀를 차는 사람도 있었지만, 지금에 와서 생각해보면 블로그에 꾸준히 글을 쓴 것이 나에게는 글쓰기 훈련이었다.

　독서도 마찬가지다. 학창시절 엄마도, 선생님도 제발 책 대신 참고서를 읽으라고 구박했지만, 나는 참고서 사이에 《우리들의 일그러진 영웅》을 끼워 읽었고, 《방랑시인 김삿갓》을 이불 속에 스탠드 켜놓고 읽었다. 회사 다닐 때도 남들은 《아침형 인간》이나 《성공하는 사람들의 7가지 습관》을 읽으며 자기계발할 때, 나는 《공지영의 수도원 기행》을 읽으면서 질질 짜고 《달콤한 나의 도시》를 읽으며 사표 쓸까 고민했다. 재미만 찾은, 효율성이라고는 눈곱만큼도 없는 독서였지만 그 덕분에 밥 벌어 먹고 살았다. 책읽기가 아니었다면 남다른 글재주가 있는 것도 아니고 창의성이 뛰어난 것도 아닌 내가 어떻게 이 일을 계속 할 수 있었을까. 책이 그나마 땔감을 대주었기 때문에 모닥불이라도 지피며 연명할 수 있었다.

　세상에 그냥 낭비한 시간이란 없다. 하다못해 멍하니 하늘을 보고 있는 시간이라도 그게 다 나중의 나를 만든다.

　예전에 배우 최강희가 토크쇼에 나와서 이런 말을 한 적이 있다.

　"저는 그냥 조금씩 조금씩 눈에 띄지 않게 앞으로 나아갔는데, 그 사이에 유명했던 사람들은 떨어져나가고, 빨리 가던 사람은 포기하고, 10년쯤 지나서 보니까 저만 남아 있는 거예요."

　그때만큼 최강희가 사랑스러워 보인 적이 없다.

세상을 열심히 사는 사람만 살아남을 수 있다면 나같이 느긋하고 게으른 천성을 타고난 사람은 어떡하나? 열심히 살지 않는 사람에게도 1만 시간의 법칙이 있어 다행이다.

1만 시간은 하루 여덟 시간씩이라면 4년, 하루 네 시간씩이라면 8년이 걸리는 시간이다. 주말 빼고 공휴일 빼고 얼추 10년 정도를 꾸준히 하면 1만 시간을 채울 수 있다. 환갑 넘어 달력 뒷장에 사인펜으로 그림을 그리기 시작한 할머니가 여든이 넘어 전시회를 열고, 군고구마 장사를 하며 고구마를 싸주던 신문지의 기사를 읽기 시작한 할머니가 10여 년 만에 한자능력자격증을 따는 것도 전부 1만 시간의 법칙을 증명해준다.

어떤 일이든 10년 동안 하면 전문가가 될 수 있다. 만약 1만 시간을 보낸 뒤에 성공하지 못하더라도, 그쯤 되면 그 시간이 자신을 키웠고 그 시간 동안 이미 많은 것을 받았다는 사실을 알게 된다. 그러니 몇 년 뒤에 나를 만나 "1만 신 넘게 쓰지 않았어요? 근데 왜 데뷔 못했어요?" 하지 말기를. 나는 1만 신 쓰는 동안 득도했다. 그걸로 됐다. 히.

현실과 꿈의 이분법

블로그를 이리저리 돌아다니다 어떤 분의 절절한 글을 읽게 되었다. 지금은 자녀들을 키우고 있는 평범한 주부지만, 고등학교 때 그녀는 클라리넷을 부는 음대 지망생이었다. 그런데 갑자기 가세가 기우는 바람에 음대에 진학하지 못했고, 클라리넷은 가슴에 묻어둔 꿈이 되었다. 그 뒤로는 어디선가 클라리넷 소리만 들려와도 반사적으로 눈물이 흘러 클라리넷 연주를 들은 일이 없단다. 수십 년이 흐른 요즘도 음악회에 갔다가 클라리넷 연주가 나오면 참지 못하고 뛰쳐나온다고 한다.

그 글 아래에는 그 마음에 공감한다는 댓글과 함께 지금이라도 클라리넷을 배워서 꿈을 이루라는 격려성 댓글이 쇄도했다. 그런데 정작 글쓴이는 당신들은 나에게 클라리넷이 어떤 의미인지 모른다, 지금 시작한다고 내가 꿈꿨던 음악가의 발치에나 갈 수 있겠느냐, 꿈을 이루라는 말을 그렇게 함부로 하지 말라고 했다.

아마 그녀에게 클라리넷은 꿈이 아니라 상처일 것이다. 클라리넷 소리는 유복했던 어린 시절을 떠올리게 할 것이고, 어쩌면 세계적인 연주자가 될 수도 있었을 자신의 현재를 초라하게 자각시켜 줄지도 모른다.

그럼에도 불구하고 나는 그녀에게 클라리넷이 진정한 꿈이었을까 의심스러웠다. 클라리넷을 사랑했다면 과거 한때의 기억을 화려하게 덧칠하고 포장해서 눈물 흘릴 소재로 간직할 게 아니라 좀 늦었더라도 클라리넷을 배우고 연주하며 그걸로 기쁨을 찾아야 하지 않을까? 20대 초반에 여건 때문에 놓친 꿈이었다면, 여건이 갖춰진 지금 시작하면 된다. 마음속에 품고 간직하기만 할 거라면 꿈이 아니라 다른 이름을 붙여야 하는 것 아닐까? 강마에가 말했던 '별'이라든가, '추억' 같은 단어가 더 적합하지 않을까?

상담 칼럼을 모은 《건투를 빈다》에서 김어준은 "꿈과 현실, 어느 것을 선택해야 할까요?" 묻는 청년에게 '꿈' 대신 '목표'라는 단어를 사용하라고 한다.

먼저 꿈이란 말 대신 목표라고 하자. 꿈이란 단어 자체가 그 말을 사용하는 사람으로 하여금 지금의 어려운 현실은 꿈을 이루는 과정의 당연한 난관이니 적당히 무시하는 게 마땅한 태도라며, 스스로를 '나이브'하게 만드는 힘이 있기 때문이다.

하긴 '꿈'이란 단어에는 좀 나른한 느낌이 묻어 있다. 현실을 유예해주는 느낌 말이다.

김어준은 청년의 질문에 '목표를 위해 어디까지 포기할 수 있는지'를 따지라고 대답한다. 꿈과 현실 중 어느 쪽도 포기할 수 없다면, 아무것도 가질 수 없다는 명쾌한 대답도 해준다.

잡지의 상담 코너뿐 아니라 심야 라디오의 고민 상담 코너에서도 꿈과 현실에 관한 이야기는 단골 질문이다.

> 그중에서 가장 대표적인 질문 중 하나가 "꿈과 현실 중에서 어느 쪽을 선택해야 할까요?"라는 고민인데, 처음엔 쉽게 "꿈과 현실을 구분하지 말고, 꿈을 현실로 만드세요"라고 말하기 좋게 대답했지만, 그 이후로도 굉장히 많은 사람들이 비슷한 고민을 의뢰하는 것을 보고 의아한 생각이 들기 시작했다. 이 많은 사람들의 꿈은 대체 무엇이길래 꿈과 현실을 구분해서 생각하고 있는 걸까? 다들 무슨 연예인이나 스포츠 스타 같은 것을 꿈꾸고 있는 걸까? 꿈과 현실을 구분해서 생각하기 시작하면, 그 순간부터 어느 쪽을 선택하는지 상관없이 왠지 조금은 그 전보다 불행해질 것만 같은데. 그렇지 않은가?

《라디오 지옥》은 KBS 라디오에서 〈유희열의 라디오천국〉과 〈심야식당〉을 만들었던 윤성현 PD의 에세이다. 그는 유명 가수의 곡이 표절 시비에 휘말리면 원곡과 표절곡을 연이어 내보내 논쟁에 시달리고, "서른이 가까웠으니 김광석의 '서른 즈음에'를 틀어주세요" 하면 "서른 즈음에 절대 안 틀어드립니다" 하고 대꾸하는 까칠한 남자다. 심지어 라디오 PD를 꿈꾸는 청년들에게 제발 주말에 라디오 듣지 말고 어디라도 좀 나가라고 한다.

　　그런 그가 대체 꿈이 무엇이기에 꿈과 현실을 구분하느냐는 근본적인 질문을 던진다. 흔히들 공무원이 되고 싶은 이유로 '안정적이기 때문에', '부모님이 좋아하셔서' 등의 대답을 하는데, 윤 PD는 그건 그 직업의 장점이지 그 일을 하고 싶은 이유는 아니지 않나 되묻는다. 아, 듣고 보니 그렇다. 그는 라디오가 좋았기 때문에 라디오 PD를 꿈꾸다가 라디오 PD가 되었다. 방송국 공채에 떨어져도 상관없다는 마음가짐이었다. 안 되면 인터넷 방송이라도 만들면 된다고 생각했으니까.

　　김어준은 말한다.

　　난 꿈이란 단어가 어릴 때는 와 닿지가 않았고 커서는 영 마뜩지가 않았다. 꿈은 꿈이기에 실제로는 이뤄지지 않아도 된다. 꿈이

'꿈'이란 단어에는 좀 나른한 느낌이 묻어 있다.

현실을 유예해주는 느낌 말이다.

목표가 아니라 그렇게 핑계로 쓰이는 경우, 너무 많다. 방송에선 툭하면 꿈이 있어 아름답단 식의 멘트를 날린다. 그 소리 들을 때마다 대체 뭐가 아름답다는 건지 따지고 싶어진다. 하고 싶은 걸 여러 현실적 제약으로 하지 못하고 사는 사람들의 심정을 위로한답시고 그저 꿈이란 단어로 '빠다' 만 발라대는 거, 이건 무책임한 거다. 꿈이 있어 아름답다고 둘러댈 게 아니라 하고 싶은 게 있으면 실제로 하면 된다고 말해줘야 하는 거다. 하고 싶다고 다 이룰 수 없다는 거야, 나도 안다. 하지만 하고 싶으면 하면 된다.

윤성현은 말한다.

지금 이 시간에도 꿈과 현실 중에서 어느 것을 선택해야 하는지 고민하고 라디오에 사연을 보내볼까 망설이는 분들이 있다면, 대체 그 꿈과 현실은 애당초 왜 나누어져 있는지, 그 꿈은 내 꿈이 맞는지, 내 꿈이 맞다면 대체 무엇이 그것을 비현실적으로 만드는지 잘 생각해보셨으면 좋겠다. 혹시나 자신의 꿈을 비현실적으로 만드는 건 오히려 자신이 만든 꿈과 현실의 이분법이 아닌지 우려가 돼서다. 때로는 사고의 질문과 방식이 우리의 행동과 가능성을 제약해버리기 때문이다.

나는 요즘 젊은이들이 준비하는 데 너무 많은 에너지를 쏟는 것 같아 안타깝다. 어느 시대의 대학생보다 가방끈도 길고 어학연수도 다녀오고 토익 점수도 높은데, 그 모든 것들이 사회가 요구하는 자격을 준비하는 데 낭비된다니 아쉽다.

꿈이 있다면 되든 안 되든 일단 해보는 게 중요하다. 실제로 뛰어들어보면 '준비'라고 생각했던 스펙들 중에 쓰잘 데 없는 게 얼마나 많은지 알게 되고, 일해가면서 부족한 부분들을 배우는 편이 준비를 먼저 하는 것보다 훨씬 쓸모 있다는 사실을 알게 된다.

혹시 두려움이 앞서서일까?

뭔가를 준비하는 동안에는 본격적으로 뛰어들지 않아도 되니까, 현실에 뛰어들긴 무섭고 유예 기간을 연장할 수 있는 방법은 스펙을 쌓고 준비하는 방법뿐이라서 그렇게 하는 걸까? 그런 태도에 대해 김어준은 이렇게 꼬집는다.

어떤 일을 하고자 할 때 가장 먼저 해야 할 일은 그냥 그 일을 하는 거다. 실패를 준비하며 핑계를 마련해두는 데 에너지를 쓸 게 아니라, 토 달지 말고, 그냥, 그 일을 하는 거, 그게 그 일을 가장 제대로 하는 법이다. 그런다고 하고 싶은 대로 다 되느냐. 세상에 그런 게 어디 있겠나. 될 때도 있고 안 될 때도 있는 거지. 하지만 해보지도 않는데 그걸 도대체 어떻게 알겠나. 하지도 않고 하고 싶은 대로 되길 바라는 건 명청한 게 아니라 불쌍한 거다. 자기 인생에 스스로 사기 치는 거라고.

원래 처마 밑에서 내리는 비를 보고 있을 때는 걱정이 많은 법이다. 우산도 없고, 우리 집은 10분 넘게 걸어가야 하고, 옷이 젖으면 척척할 테고, 감기에 걸릴지도 모르고……. 그렇다고 기약 없이 우산을 기다리거나 해가 나기를 기다리고 있을 수만은 없다.

막상 나가서 소나기를 맞으면 의외로 시원하고, 기분도 개운하고, 집까지 뛰어가는 동안 이제껏 느껴보지 못한 해방감도 느낄 수 있다. 기껏해야 엄마한테 꾸중밖에 더 듣겠는가. 꾸중 들은 뒤 옷은 세탁기 돌리고, 뜨끈한 물에 샤워하고 나면 그만이지.

꿈이 있다면 처마 밑에서 걱정만 하지 말고, 한 발짝 내디뎌보자. 눈 한 번 질끈 감으면 다른 세상이 펼쳐진다.

웰컴 투 블로그 월드

직장 생활을 하며 막연하게 '글을 쓰고 싶다'는 꿈을 가지고 자기 전에 노트에 몇 자 끼적거리는 것으로 마음의 위안을 삼고 있을 무렵, 포털사이트에 입사한 선배가 "너도 그러지 말고 인터넷에 글을 써. 인터넷에는 글을 쓸 공간이 많고, 대중들이 그 글을 어떻게 생각하는지 확인할 수도 있어"라고 조언했다. 처음엔 내 글을 무료로 보여주다니 말도 안 된다며 그냥 구경만 하려고 들어갔다가 결국 인터넷에 칼럼을 쓰게 되었다.

지금 생각해보면 그것이 내가 꿈으로 첫발을 디딘 순간이다.

사회생활 초기 수많은 직장을 전전했던 경험을 '취업진담'이라는 제목으로 인터넷에 썼다. 지방대생의 애환, 서울에서 방 구하기 노하우, 각 회사마다 꼭 한 명씩 있는 이상한 동료나 상사 이야기, 월급을 주지도 않고 쫓아낸 사장님 욕을 익명으로 쓰고 있자니 5년

묵은 체중이 쑥쑥 내려가는 것 같았다. 나 자신의 카타르시스도 굉장했지만, 나와 비슷한 일을 당한 사람들이 서서히 모여들어 댓글을 달아주고, 다음 회는 언제 올라오냐고 물어주고, 힘을 내라고 응원해주니 점점 신이 났다. 나는 무료로 글을 쓰는 게 아니라 격려와 응원이라는 풍성한 대가를 받고 있었다.

뉴욕의 줄리 역시 성공하겠다며 뉴욕에 왔지만, 인생은 그렇게 녹록지가 않았다.

내가 처음 뉴욕에 간 이유도 다른 사람들과 다르지 않았다. 수프가 될 운명을 타고난 감자라면 껍질이 벗겨지는 단계를 반드시 거쳐야 하고 성공을 꿈꾸는 배우라면 반드시 뉴욕을 거쳐야 한다. 나도 그런 이유로 뉴욕에 갔다.

유명 배우가 되겠다며 포부도 거창하게 뉴욕에 왔지만 7년간 임시직을 전전하다 스물아홉이 된 줄리는 남편의 부추김에 넘어가 프랑스 요리사 줄리아 차일드의 《프랑스 요리 예술의 대가가 되는 법》이라는 요리책에 나오는 524가지 요리를 365일 동안 다 만들어보겠다는 계획을 세우고 블로그를 연다.

'서른 살 뉴요커, 요리로 인생을 바꾸다'라는 부제가 붙어 있는

《줄리&줄리아》는 근성을 발휘해 524가지 요리를 모두 만들어낸 줄리의 경험담이 솔직하게 녹아 있는 책이다. 소설은 아니지만 소설처럼 쭉쭉 읽히고, 요리 실패담과 성공담이 줄리의 솔직하고 거침없는 입담을 통해 생생하게 전달된다.

뉴욕 근교의 좁은 아파트에서 매일 새로운 요리를 한다는 건 쉬운 일이 아니다. 깜빡하면 정전, 깜빡하면 얼어붙는 수도시설 등 부실한 설비도 애를 먹이거니와 인스턴트 죽을 전자렌지에 데우는 요리가 아니라 살아서 기어다니는 가재를 시장에서 사와서 망치로 때려죽이거나 소의 골수를 직접 빼는 요리이기 때문에 굉장한 스트레스를 동반한다. 하지만 줄리는 포기하지 않고 끝까지 해낸다. 흔히 하는 말로 자신과의 싸움에 승리한 것이다.

처음에 블로그를 해보라고 부추겼던 남편이 나중에는 줄리가 부부싸움한 일까지 블로그에 올리자 화를 낸다. 줄리의 블로그가 유명해지자 직장에서도 나쁜 말은 쓰지 말라는 은근한 압력이 들어온다. 줄리는 피곤에 절어 퇴근해서 쉬지도 못하고 요리를 하며 '대관절 내가 왜 이런 짓을 하고 있을까' 자괴감에 빠지기도 한다.

내가 블로그를 운영하며 느꼈던 그 모든 갈등과 회의가 이 책에 고스란히 녹아 있어, 읽는 동안 나는 줄곧 줄리를 응원했다.

요즘 들어 부쩍 불안해지곤 한다. 서른이 된다는 사실보다 언젠가 마흔이 될 거라는 사실이 더 두렵다. 어영부영하다가 또 10년을 보낼 거라는 두려움. 서른을 1년 앞둔 내게 남아 있는 것은 무엇일까? 우선 남편이 있다. 나하고 이혼할 만한 이유가 수도 없이 많은데도 참고 살아주는 훌륭한 남편. 그리고 줄리&줄리아 프로젝트가 있다.

스물아홉 살의 줄리가 이렇게 자신의 속마음을 블로그에 털어놨더니, 어느 팬이 이렇게 답글을 달았다.

서른이 되어서 늙었다는 생각이 든다면, 나처럼 일흔이 될 때까지 있어봐요. 내가 언제 이렇게 나이를 먹었나 하는 생각이 들 테니까요. 그렇지만 나는 모든 순간을 사랑해요. 특히 초등학교 시절의 내 멋진 친구들을 사랑하지요! 내 남편 역시 보배 같은 사람이랍니다. 모든 면에서 완벽해요. 그러니 당신이나 나나 아주 운이 좋은 여자들이에요. 줄리. 내가 이상한 늙은이처럼 보일 거예요. 하지만 나는 마흔이 되고 쉰이 되고 예순이 되고 일흔이 되는 것이 좋았어요. 세상의 온갖 재미있는 것들을 배울 수 있었으니까요. 또 나이를 먹을수록 잘해낼 수 있는 일도 많아진답니다! 앞으로 당신이 쓸 책을 다 읽을 만큼 내가 오래 살았으면 좋겠어요. 사랑해요. 어느 할머니가.

블로그는 이런 곳이다. 내 얼굴도 모르는 사람들이 내 편이 되어 위로하고 응원한다.

얼마 전 매우 잘 쓴 소설책을 읽고 '나 따위가 무슨 소설' 하면서 의기소침해 있을 때, "저는 작가님의 꾸밈없고 솔직한 글이 좋아요"라는 답글에 힘을 얻어 다시 소설을 쓰기 시작한 나처럼, 줄리 파월도 블로그 독자들의 응원에 다시 힘을 얻고 줄리&줄리아 프로젝트를 마친다.

줄리는 '줄리아 차일드의 요리책에 나온 요리를 모두 만들어본다'라는 단순한 아이디어를 끝내 성공시키면서 무명 배우보다 더 유명해졌고, 책을 썼고, 그 책은 영화가 되어 사람들에게 희망과 즐거움을 선사했다. 자신의 꿈을 이룬 것이다.

실제로 줄리아 차일드는 줄리가 자신의 명성을 이용해 인기 누리는 것을 탐탁지 않아 했다고 한다. 하지만 줄리는 '물에 빠진 사람을 구해준 사람에게 보따리 내놓으라고 할 수는 없다'면서 줄리아에게 고마워한다.

줄리아는 세상에서 자신의 길을 찾으려면 무엇이 필요한지를 내게 가르쳐주었다. 그건 내가 생각하던 것이 아니었다. 나는 자신감이나 의지나 행운이라고 생각했다. 이것들 모두 당연히 필요하고 좋은 것들이다. 하지만 뭔가 다른 것, 그보다 근원적인 것이 있었다. 그것은 바로 즐거움이다.

　내가 이 책에서 가장 좋아하는 부분이다. 나도 내가 원하는 것을 하기 위해서는 자신감이나 의지나 행운 같은 게 필요하다고 생각했다. 하지만 가장 필요한 것은 즐거움이다.

　요즘은 예전보다 꿈을 이루기가 한층 쉬워졌다. 예전에는 전문가들끼리의 폐쇄적인 울타리 안에서나 돌았던 정보들이 요즘은 인터넷 검색 몇 번으로 다 알 수 있고, 아무리 아마추어라도 인터넷을 통해 자신의 작품을 올리면 봐주고 들어주는 사람들이 생긴다. 그렇기 때문에 점점 "나는 현실적인 여건 때문에 꿈을 이루지 못했어"라는 말이 힘을 잃어가고 있다.

　뭔가 꿈꾸는 게 있다면, 지금 당장 블로그를 시작해보자. 요리 프로젝트뿐만 아니라 다양한 것들을 할 수 있다. 혼자서 꼼지락꼼지락 뭔가를 만들어 손가락에 붙여 인형극을 하고, 말풍선을 그려 대사를 쓰고, 이야기를 만들어 올렸던 블로거는 미술평론가와 인터뷰하는 예술가가 되고, 자신의 연주를 동영상으로 올린 소년은 유명 레코드사와 계약하여 음반을 내기도 한다. 귀농하기 위하여 정보를 모으고, 귀농학교에 나가고, 땅을 보러 다니고, 이사를 해 묘목을 심는 모든 과정을 블로그에 올려 귀농하고자 하는 사람들에

내가 원하는 것을 하기 위해서는
자신감이나 의지나 행운 같은 게 필요하다고 생각했다.
하지만 가장 필요한 것은 즐거움이다.

게 도움을 주는 블로거가 있는가 하면, 환경에 관심이 있는 누군가는 '하루에 1달러로 먹고살기 프로젝트'를 시작하여 우리가 얼마나 많은 음식과 자원을 낭비하고 있는지 보여줌으로써 사람들의 경각심을 일깨우고 환경 관련 단체에서 일하게 되었다.

비록 요즘은 '파워블로거'라는 이름을 곱지 않은 시선으로 보는 사람들도 많지만, 자신의 명성을 이용해 경제적 이득을 취하겠다는 자세만 갖지 않는다면 꿈을 이룰 도구로 블로그만큼 유용한 것은 없다.

꿈을 위해 달려가는 오랜 시간 동안 나를 응원하고 지켜봐줄 응원군을 만날 수 있다는 것만으로도 블로그를 할 이유는 충분하다. 보는 사람이 없으면 쉽게 시작하고 쉽게 그만둘 수 있지만, 누군가 지켜보고 있으면 중간에 포기하기도 쉽지 않다. 뭔가를 이루려는데 그 정도 강제력은 필요하지 않을까?

스스로를 작가라고 부르기

'예술가'라는 말을 스스로 하기는 어렵다. '작가'라는 말도 그렇다. 누군가는 "작가란 오늘 아침에 글을 쓴 사람이다"라고 했지만 마음속으로 그렇게 생각하더라도 "난 매일 글 쓰고 있으니 작가요" 하고 입 밖으로 내기는 계면쩍다.

'작가'라는 말을 어떤 기준으로 붙여야 할지도 잘 모르겠다. 책을 한 권 이상 썼으면 작가인가? 글 써서 밥벌이를 할 수 있어야 작가인가? 신춘문예에 당선된 이후부터 작가인가? 그럼 10년 동안 썼지만 매년 고배 마시는 사람은 작가가 아닌가? 데뷔하지 못했더라도 시나리오를 한 편 이상 썼으면 작가인가? 아니면 자기 시나리오로 만든 영화가 영화관에 걸려야 작가인가?

기준은 가지각색이고, 대답하기 애매하다.

시나리오를 써보니 데뷔하기가 참 힘들다. 한 해에 개봉하는 한국 영화는 50편 남짓인데, 대충 계산해도 그 100배는 넘는 시나리오가 시장에 돌아다니고 있고, 소위 '지망생'이라고 부르는 나 같은 사람이 쓰는 시나리오까지 보태면 쓰는 사람의 숫자는 어마어마하다.

가끔 영화 관계자들을 만나면 날 보고 "작가님"이라고 스스럼없이 부르는데, 그 말을 들을 때마다 얼굴이 화끈거린다. 내가 쓴 시나리오가 한 편이라도 당선이 되었거나 영화화되었다면 당연하게 들었을 텐데, 그렇지 못하니 움츠러든다.

시나리오뿐이랴. 드라마 쪽에는 '1천 이무기'라는 말이 있단다. 드라마 작가 한 명이 탄생하는 옆에는 평균 천 명의 작가 지망생이 용이 되지 못한 이무기 상태로 있다는 말이다.

영화도, 드라마도, 책도 일반인들이 확인할 수 있는 형태로 시장에 나오기까지는 고된 노동과 행운이 따라야 한다. 그런 결과물 없이도 글을 쓰는 사람들이 훨씬 많다. 그들을 작가가 아니면 뭐라고 불러야 하나?

'작가'라는 말은 스스로 하기보다 누군가 불러줄 때 의미를 가진다. 창작자의 마음속에 사는 '어린아이'는 수줍음이 많아서 누군가 불러주지 않으면 스스로 자신이 어떻다고 자신 있게 말하지도 못한다.

해마다 1월 1일이 되면 각 신문사들은 신춘문예 당선작을 신문에 싣는다. 많은 문학청년들이 거기에 응모했다가 낙방의 고배를 마시고 우울해 한다. 소설가 김영하는 신춘문예 당선작 발표가 한창일 때 홈페이지에 이런 글을 썼다.

나는 1995년에 〈리뷰〉라는 잡지에 〈거울에 대한 명상〉이라는 단편을 발표하면서 본격적으로 소설을 쓰기 시작했다. 지금은 폐간되고 없는 이 잡지에 소설을 보낼 때, 내 주변의 문우들은 만류하였는데, 그 이유는 그것이 '제대로 된' 등단이 아니라는 것이었다. 그러나 나는 성미 급한 20대였고 '제대로 된' 인정을 기다릴 만큼 느긋하지를 못했다. 그 시절 나는 이미 소설을 쓰고 있었기 때문에 벌써 작가로 '행세'하고 있었고 그 성급한 자기확신이 나를 앞으로 나아가게 했던 것이다.

신춘문예가 소수의 당선자에게 복음을 전하고(물론 그 복음은 매우 한시적이며 그들에게는 밥벌이를 향한 또 한 번의 엄혹한 경쟁이 기다리고 있지만) 나머지 대다수에게 새해 첫날부터 울적한 소식을 전하는 이 무렵, 스스로 작가라고 선언하는 것으로 이미 충분하다는 것을, 실은 오래 전부터 이미 그래왔다는 것을 낙선자들에게 말해주고 싶다. 작가는 신분이 아니라 직업이라고(이때의 직업이란 돈을 벌어다주는 일이라는 뜻이 아니라 어떤 일을 지속적으로 행하는 상태를 말하는 것이다). 누군가를 작가로 만드는 것은 타인의 인정이 아니라 자기 자신의 긍지라고. 그리고 그 자기확신은 심사위원의 인정보다 책상 앞에 놓인 자신의 원고로부터 올 때 더욱 확고하다.

언젠가 나는 이 말을 이렇게 정식화한 적이 있다.

"작가가 되려면 이미 작가여야 한다."

우리는 '제대로 된' 등단이나 인정을 큰 징표로 여기는 문화권에서 살고 있다. 미국 같은 경우, 책 한 권만 써도 '작가'라는 타이틀을 당연히 붙이는 데 반해, 우리나라는 라이트 노벨은 소설이 아니라느니, 신춘문예나 문학 잡지를 통하지 않은 등단은 정식 등단이 아니라느니, 한 편도 영화화되지 않은 주제에 무슨 시나리오 작가냐는 말들을 한다. 그런 문화 속에서 살다 보니 책을 몇 권씩 내고도, 10년 동안 시나리오를 쓰면서도, 감히 작가라고 내놓고 말하기가 뭣하다.

그러나 글을 쓰는 데 고시공부와 같은 기준을 적용할 수는 없다. 법관은 사법고시를 통과하고 임명장을 받아야 법관이지만, 글은 쓰는 사람이 작가다.

'제대로 된' 인정에 대한 강박관념 말고도 한국에서는 작가를 말려죽이기 좋은 문화가 또 있다. 바로 칭찬에 인색하고 비판을 높이 쳐주는 문화다. 입에 발린 칭찬보다는 비판을 해주는 것이 그 사람을 진짜로 생각해주는 것이라는 태도가 만연해 있다.

김영하와 더불어 내가 좋아하는 작가 김연수가 쓴 《우리가 보낸 순간 : 소설》의 저자 후기에는 이런 글이 있다.

그 학생들은 아마도 글 쓰는 게 너무나 좋아서 문예창작과에 들어갔을 것이다. 하지만 사 년 동안 그들이 듣는 이야기는 글을 얼마나 못쓰는지에 대한 비판뿐이다. 다시 한 번 말하지만 그 상처를 치유하고 원래 입학할 때의 자신으로 돌아가려면 다섯 배의 긍정적인 영향이 필요하다. 친구나 교수에게 지속적으로 자신이 쓰는 글이 너무나 좋다는 말을 들어야만 한다. 하지만 그런 일은 거의 일어나지 않는다. 그 결과, 졸업할 무렵이 되면 그들이 쓰는 글은 정말 형편없어진다.

'자기실현적 예언'이라는 것이 있다. 자신이, 그리고 주변 사람들이 '너는 예쁘다, 예쁘다, 예쁘다' 하면 실제로 예뻐진다는 것이다. 양파를 유리컵에 담아놓고 기를 때도 '예쁘다'고 말한 양파와 그렇지 않은 양파가 생육 발달에 차이를 보인다는데, 하물며 사람임에야.

이 책의 저자 후기를 보면 사람은 부정적인 기호를 긍정적인 기호보다 5배나 더 강하게 받아들인다고 한다. 만약 '넌 나쁜 애야'라는 말을 한 번 했다면, 그 사람을 끌어안고 다독이며 '너는 착한 애야'를 최소한 다섯 번은 해줘야 겨우 나쁘다는 말을 듣기 전의 상태로 돌아간다는 것이다.

우리 안의 예술의 싹이란 이토록 미미하고 연약해서 주변에서 자꾸만 나쁜 평을 듣고, '너는 아무리 해도 안 될 거야' 같은 소리나 듣고 있어서는 그 사람이 행여 톨스토이의 재능을 가지고 태어났더라도 뛰어난 예술가가 될 수 없다.

그렇다면 무엇을 쓰고, 무엇을 듣고, 무엇을 읽으며, 무엇을 생각할 것인가? 그걸 결정하는 사람은 우리 자신이다. 그렇다면 잔인한 고통의 말들을 쓰고, 듣고, 읽고, 생각하겠다고 결정하지 말기를. 그런 건 지금까지 우리가 들었던 부주의한 비판들과 스스로 가능성을 봉쇄한 근거 없는 두려움만으로도 충분하니까. 뭔가 선택해야만 한다면, 미래를 선택하기를. 어떤 사람이 되고 싶은지 생각해본 뒤에 그런 사람이 되기 위한 말들을 쓰고, 듣고, 읽고, 생각할 수 있기를. 그러므로 날마다 글을 쓴다는 건 자신이 원하는 바로 그 사람이 되는 길이라고 할 수 있다. 어떻게 쓰느냐에 따라 우리의 모습은 달라진다.

"넌 소질이 없어"라는 말을 듣기 전에 우리는 모두 아이들이었

재능이란

지치지 않고 날마다 좋아하는 일에

몰두할 수 있는 능력을 뜻하는 게 아닐까?

다. 늘 밝게 웃으며 호기심에 가득 차 재미있는 일만을 찾아다니며 다른 이들의 평가에는 아랑곳하지 않고 어떤 두려움 없이 원하는 바로 그 일을 하는 사람이 바로 아이들이다. 소질이 없다는 말을 듣기 전에 우리는 소질 같은 건 생각하지 않고 매일 좋아하는 일에만 몰두했다. 재능이란 지치지 않고 날마다 좋아하는 일에 몰두할 수 있는 능력을 뜻하는 게 아닐까?

작가가 되려면 이미 작가여야 한다는 김영하의 말이나, 소질이 없다는 말을 듣기 전의 아이 상태 그대로 좋아하는 일에 날마다 몰두하기로 결정하라는 김연수의 말은 쓰는 사람인 내게 큰 위로가 되었다.

덕분에 나는 어느 술자리에서 "유정이가 작가는 아니지만" 어쩌구 하며 건설적 비판을 하려는 선배에게 "오빠, 저 작가 맞거든요? 책을 두 권이나 썼으면 작가예요"라고 말해주었다. 그 말을 하면서 나는 해방감을 맛보았다. 상대방의 무시를 갚아줘서가 아니라 내 마음 안쪽에서 언제나 주눅 들어 있던 어린아이가 나 스스로 작가라고 당당히 말하는 순간 활짝 웃는 것이 느껴졌기 때문이다.

지친 목요일,
속마음을 꺼내 읽다

《밤의 거미원숭이》, 무라카미 하루키 지음, 김춘미 옮김, 문학사상사

《위험한 독서》, 김경욱 지음, 문학동네

《우리들의 행복한 시간》, 공지영 치음, 오픈하우스

《하쿠나 마타타 우리 같이 춤출래?》, 오소희 지음, 북하우스

《사람풍경》, 김형경 지음, 예담

《네가 잃어버린 것을 기억하라》, 김영하 지음, 랜덤하우스코리아

《모멘트》, 더글라스 케네디 지음, 조동섭 옮김, 밝은세상

《박사가 사랑한 수식》, 오가와 요코 지음, 김난주 옮김, 이레

#5 감정

:

생의 특별한 생채기들

한밤중의 바스락 소리

하루키는 〈한밤중의 기적에 대하여, 혹은 이야기의 효용에 대하여〉라는 짧은 글을 통해, 자다가 새벽에 문득 깨어나 아무 소리도 들리지 않을 때의 외로움에 대해 이야기한 바 있다.

주위는 캄캄하고, 아무것도 보이지 않아. 소리도 전혀 안 들려. 시곗바늘이 움직이는 소리조차 들리지 않아―시계가 멈춰버렸는지도 모르지. 그리고 나는 갑자기, 내가 알고 있는 모든 사람에게서, 내가 알고 있는 모든 장소로부터, 믿을 수 없을 만큼 멀리 떨어져 있고, 격리되어 있다고 느껴. 이 넓은 세상에서 아무한테도 사랑받지 못하고, 아무도 말을 걸어주지 않고, 아무도 기억해주지 않는 그런 존재가 되어버렸다는 것을 알게 돼. 설령 내가 이대로 사라진대도 아무도 모를 거야. 그건 마치 두꺼운 철상자에 갇힌 채, 깊은 바닷속에 가라앉은 것 같은 느낌이야.

그 느낌은 죽고 싶은 것이 아니라 정말로 죽어버릴 것 같은 외로움이라고, 이것이 한밤중에 홀로 잠이 깬다는 것의 의미라고 강변하던 소년은 그때 멀리서 들려오는 기차의 기적 소리 덕분에 구원받는다고 말한다. 그 소리 덕분에 심장의 통증이 멈추고, 철상자가 해면 위로 떠오른다고. 그리고 자신의 말을 들어주던 소녀에게 "한밤중의 기적 소리만큼 너를 사랑한다"고 고백한다.

내가 한밤중에 외톨이로 잠이 깬다는 것의 의미를 깨달은 것은 서른이 넘어서다. 그때 나는 창덕궁 옆, 지어진 지 20년도 넘는 주택 2층에 세 들어 살았다. 바람이 불면 창덕궁 안의 소나무들이 몸을 뒤챘고, 그 그림자는 창문을 타고 넘어와 어른어른 벽에 무늬를 그렸다. 그날도 그렇게 바람이 부는 날이었다. 자정에 불을 끄고 누웠는데, 얼마나 지났을까? 잠결에 인기척이 느껴졌다. 책상 쪽에서 난 인기척에 눈을 떴지만, 아무것도 없었다. 안심하고 눈을 감는데, 이번에는 바로 머리맡에서 기척이 느껴진다. 다시 일어나 깜깜한 방을 둘러봤지만 아무것도 없었다. 수상쩍어 하며 눈을 감는 순간, 검은 물체가 이불 위를 후다닥 빠르게 지나갔다.

벌떡 일어나서 불을 켰더니 매미만큼 큰 덩치의 바퀴벌레였다.

몸집이 커서 몸놀림이 둔한 바퀴벌레는 머리맡에서 이불 위를 지나 벽을 타고 올라가다 툭 떨어졌고, 나는 에프킬라를 꺼내서 미친 듯이 뿌려댔다. 벌렁 뒤집어진 바퀴벌레가 10여 분 이상 다리를 떨다 죽은 그 시점이 새벽 두시였다.

겨우 숨을 돌릴 무렵, 또다시 부스럭거리는 소리가 들렸다. 안경을 끼고 보니 문설주 위에 죽은 놈보다 더 큰 몸집의 바퀴벌레가 있었다. 나는 다시 에프킬라를 뿌렸고, 그놈 역시 무거운 몸집을 가누지 못하고 떨어졌는데, 하필이면 떨어진 곳이 가구 사이의 틈이었다. 가구 틈에서 날개를 부딪히는 소리가 몇 차례 들려오다 잠잠해졌다.

잠은 싹 달아났다. 한 마리의 사체는 수습했지만, 다른 한 마리는 가구 틈에 떨어져 죽었는지 살았는지 가늠도 할 수 없었다. 억지로 흥분을 가라앉히고 누웠지만 잠이 올 턱이 없다. 까만 밤이 희붐한 새벽으로 바뀔 때까지 뜬 눈으로 지새웠다.

감히 단언컨대, 바퀴벌레의 바스락거리는 소리를 듣고 깬 새벽 두시보다 더 외로운 시간은 없다. 새벽 두시에 벌레 잡으러 오라고 부탁할 곳은 세상천지 어디에도 없다. 옆에 누운 사람이 아니고서는 죽고 못 사는 애인이라도 새벽 두시에 바퀴벌레를 잡으러 와줄 순 없다. 내 눈에 띈 두 마리의 바퀴벌레 말고 얼마나 많은 수의 바퀴벌레가 이 집 구들장을, 천장 속을 다니고 있을지 상상하다 보면 내 방은 방이 아니라 거대한 바퀴벌레의 소굴로 변해버린다. 새벽 두시, 나는 만물의 영장이 아니라 수만 마리의 곤충 앞에 무력한 한 인간일 뿐이다. 설령 이때 기적 소리가 들린다 해도 내 외로움은 위로받을 수 없다. 세상에 나를 도울 사람은 나 혼자뿐이라는 걸 깨닫게 되는 새벽은 외롭다.

독신의 영화배우 모씨는 날갯죽지를 삐었을 때 가장 크게 외로움을 느꼈다고 한다. 파스를 붙여야 하는데, 혼자서는 어떻게 해도 각도가 나오지 않아 혼자 한쪽 팔을 등 뒤로 돌린 채 끙끙대고 있으면 '지금 내가 뭘 하는 짓인가?' 하는 생각과 함께 외로움이 뼛속을 스민단다. 독신의 국민가수 모씨는 탁자 모서리에 발가락을 찧었을 때 가장 외롭다고 했다. 아픈데 아프다고 징징거려도 들어줄 사람도 없고, 혼자서 발가락을 감싸 쥐고 괴로워하다 보면 '내가 혼자구나' 하는 느낌이 밀물처럼 밀려온단다.

혼자 사는 사람들은 평소 외로움을 타지 않는다. 어느 정도 혼자 있는 걸 좋아하는 성격이기 때문에 독신으로 살 수 있는 거다. 그렇지만 이렇게 한 번씩 발가락이, 날갯죽지가, 바퀴벌레가 우리를 외롭게 한다.

김경욱의 소설집 《위험한 독서》에 실린 단편 〈고독을 빌려드립니다〉에는 고독을 필요로 하는 남자가 나온다. 이 남자는 결혼하고 아이가 생긴 후 항상 혼자 있는 시간을 바라왔다.

　　텅 빈 사무실은 세상의 모든 병사들이 버린 전장처럼 사무치도록
　　고즈넉했다. 건너편 책상 위의 모니터에서는 발광어가 시시각각
　　빛깔을 뒤척이며 검은 심해 속을 유영하고 있었다. 오랜만에 맛
　　보는 적막 속에서 나는 온전히 고독했다. 나에게 필요한 것은 바
　　로 그 충일한 감정이었다. 고독.

　　휴일에 회사에 나오면 나도 가끔 그런 충일한 감정을 맛봤다. 휴
일근무를 싫어하면서도, 한편으로는 그 시간을 즐기기도 했다. 하
지만 때로 사소한 것 때문에 충일한 감정 대신 공포심에 사로잡히
기도 한다.
　　잡지사에 다니던 시절, 어쩌다 보니 큰 사무실에서 나 혼자 철야
근무를 하게 되었다. 저녁 먹을 때까지만 해도 혼자 있을 수 있다
고 큰소리 탕탕 쳤지만, 직원들이 귀가하고 자정이 넘자 사무실은
적막하고 휑하게 느껴졌다. 적막함 따위 쫓아 보낼 요량으로 열심
히 기사를 쓰고 있는데, 내 책상 앞의 창문 밖에서 뭔가 바스락바스
락하는 소리가 들렸다. 창문 밖은 좁은 골목으로, 길이 막혀 사람이
지나다니지 않는 곳이다.
　　'대체 뭐지? 사람인가? 귀신인가?'

세상에 나를 도울 사람은 나 혼자뿐이라는 걸 깨닫게 되는 새벽.
인간은 외로운 존재이며, 고독은 평생 짊어지고 가야 할 친구다.

한두 번 바스락거리다 말 줄 알았던 소리는 띄엄띄엄 계속 났고, 한 번 곤두선 신경은 누그러질 줄 몰랐다. 사람이 골목 구석에 쪼그리고 앉아 도둑질을 준비하는 소리 같기도 했고, 정신 나간 여자가 낡은 외투를 질질 끌며 왔다 갔다 하는 소리 같기도 했다. 고양이가 쓰레기봉투 뒤지는 소리인가도 싶었지만, 날이 밝을 때까지 계속되는 걸로 보아 고양이는 아닌 것 같았다. 나가서 눈으로 확인하고 싶었지만 껌껌한 밤중에 아무도 없는 골목을 맨눈으로 확인할 정도로 담이 큰 인간은 아니다, 내가. 공포심에 떨며 밤을 새운 퀭한 눈으로, 다음 날 아침에 나가본 골목에는 어떤 광경이 펼쳐졌을까?

아무것도 없었다. 웅크리고 있는 남자도, 산발한 여자도 없었고, 고양이나 쓰레기봉지 따위도 없는 깨끗한 골목이었다. 다만 벽에 붙은 도시가스 관에 날아가던 하얀 비닐봉지가 걸려 있었을 뿐이다. 그 비닐봉지가 밤새 바람에 나부끼며 바스락바스락 소리를 냈던 거다. 내가 저 비닐봉지 하나 때문에 밤새 공포에 떨어야 했다니, 안심과 허무함이 섞여 눈물이 핑 돌았다. 눈에 보이지 않는 공포는 눈으로 확인하면 이토록 허무할 때가 많다.

혼자 있는 시간이 많은 나와 달리 소설 속의 남자는 홈쇼핑 진상 고객과 밤마다 빽빽 울어대는 아이에게 시달리다가 친구로부터 무

엇이든 빌려준다는 사이트를 소개받는다. 남자는 그 사이트에서
'고독'을 대여한다.

    검색창 밑에는 다음과 같은 문장이 적혀 있었다. 특별한 당신, 당
    신이 원한다면 무엇이든 빌려드립니다. 검색창에 '고독'을 입력
    하고 엔터키를 누르자 군중 속의 고독에서부터 절대고독까지 상
    상할 수 있는 모든 고독의 목록이 눈앞에 망라되었다. 나는 '휴식
    같은 고독'을 선택했다. 월간 대여횟수와 일회 대여료에 따라 다
    양한 상품이 준비되어 있었다.

    휴식 같은 고독은 대체 어떤 것일까? 궁금해서 읽어나가니, 휴대
전화 안테나가 잡히지 않는 단출한 방에서 토마스 만의 《마의 산》
을 읽는 일요일 오후가 주어진다. 결혼하기 전 자신의 자취방 같았
던 곳에서 누구의 간섭도 받지 않고 나른하게 늘어져 있는 참으로
휴식 같은 고독이다. 그 고독은 나의 일상과 닮았다.
    주인공에게 사이트를 소개했던 친구는 '너그러움'을 주문했고,
그랬더니 러닝머신을 한 시간 뛰어야만 물이 뿌려지는 공중정원이
설치된다. 기발한 아이디어다.
    그러나 이 소설은 해피엔딩이 아니다. 너그러움을 주문했던 기
러기 아빠는 실종되어버리고, 고독을 주문했던 주인공은 부인에게

바람피운다는 의심을 받아 고독을 다 써보지도 못하고 환불받기 위해 고군분투한다. 결국 인터넷 주문으로 해결되는 외로움은 없다.

가만 보면 사람들은 두려움을 떨치기 위해 누군가를 사랑하고, 만나고, 가족을 이루는 것 같다. 두려움이나 공포는 외로움을 불러일으키는 감정이다.

하지만 결혼하고 가정을 이룬다고 두려움이 다 떨쳐지지도, 외로움이 해결되지도 않는다고 내 주변의 기혼남들이 알려주었다. 언젠가 혼자 사는 나를 부러워하는 기혼남에게 "대체로 혼자 사는 게 좋지만, 아플 때는 옆에 사람이 있었으면 좋겠다 싶기도 해요"라고 했더니, 결혼한 지 15년쯤 된 그분이 말씀하시기를 "아프다고 끙끙대면 옆에 누워 있는 사람이 자다가 귀찮게 한다고 엉덩이를 걷어차기도 해"라고 했다. 또 연쇄살인범이 날뛰던 어느 여름에 뉴스를 보다 "혼자 있는 여자들이 많이 당했잖아. 저런 거 보면 혼자 사는 거 무서워"라고 했더니, 결혼한 지 1년도 안 된 신혼남이 말했다. "죽은 사람 중에 주부도 있잖아. 결혼했다고 내가 마누라하고 24시간 붙어 있는 것도 아니고, 다 복불복이야."

이러니 내가 새벽 두시에 바퀴벌레 나왔다고 누굴 불러내겠는가. 인간은 외로운 존재이며, 고독은 평생 짊어지고 가야 할 친구라는 걸 알려주는 이 쿨한 기혼남들 같으니라고.

솔직한 말로 "나는 한밤의 기적 소리만큼 너를 사랑해"라고 했던 하루키의 에세이 속 소년도 만약 소녀와 사랑에 성공해 결혼했다면 몇 년 지나지 않아 한밤중에 깨어난 여자가 외로움과 무서움에 흔들어 깨울 때마다 짜증을 내며 "이제 그만 좀 해라" 하며 돌아누웠을 것이 틀림없다. 인생이란 그렇다니까.

위선과 위악

교회 청년부에서 고아원에 자원봉사를 간 적이 있다. 창문에 매달려 유리창을 닦다가 내려오려는데, 친구가 손을 내밀었다. 그 손을 붙잡고 내려오면 수월했을 텐데, 친구의 성별이 남자라 쑥스러워 그냥 폴짝 뛰어내려 복도에 착지했다. 그 친구가 "괜찮아?" 하는데, 내가 "왜? 내 몸무게 때문에 복도가 꺼지기라도 할까 봐?"라고 받았다. 그랬더니 친구가 좀 슬픈 표정으로 "나는 네가 다칠까 봐 한 말이었는데……"라며 말끝을 흐렸다. 민망해서 얼굴이 화끈 달아올랐다.

나는 타인의 친절을 선선히 받지 못한다.

화장을 곱게 하고 나간 날, 누가 "예쁘세요"라고 하면 "호박에 줄 긋는다고 수박되나요? 발악하는 거지요" 하고, 새 옷을 입고 나간 날 누가 "와, 오늘 멋진데요?" 하면 "평소에 내가 그렇게 거지같이 입고 다녔니?" 한다. 마음속으로는 기쁘면서, 입으로는 정반대의 말이 튀어나간다. 입과 가슴 사이에 역주행 모터라도 달려 있나보다.

칭찬에 솔직하게 "응, 고마워"라고 대답하게 된 건 비교적 최근의 일이다.

사형제도에 대한 일반인의 생각을 바꿔놓은 《우리들의 행복한 시간》은 위선에 대한 나의 생각도 바꿔놓았다. 나는 친절에 무뚝뚝한 내가 촌스럽다고 생각했을지언정, 입에 발린 칭찬을 하거나 기쁘지도 않은데 기뻐하는 척하는 위선자보단 낫다고 생각했다. 그런데 소설 속 모니카 수녀님이 위악을 떠는 조카에게 충고한다.

유정아…… 고모는…… 위선자들 싫어하지 않아. 목사나 신부나 수녀나 스님이나 선생이나 아무튼 우리가 훌륭하다고 생각하는 사람들 중에 위선자들 참 많아. 어쩌면 내가 그 대표적 인물일지도 모르지……. 위선을 행한다는 것은 적어도 선한 게 뭔지 감은 잡고 있는 거야. 깊은 내면에서 그들은 자기들이 보여지는 것만큼 훌륭하지 못하다는 걸 알아. 의식하든 안 하든 말이야. 그래서 고모는 그런 사람들 안 싫어해. 죽는 날까지 자기 자신 이외에 아무에게도 자기가 위선자라는 걸 들키지 않으면 그건 성공한 인생이라고도 생각해. 고모가 정말 싫어하는 사람은 위악을 떠는 사람들이야. 그들은 남에게 악한 짓을 하면서 실은 자기네들이 실은 어느 정도는 선하다고 생각하고 있어. 위악을 떠는 그 순간에도 남들이 실은 자기들의 속마음이 착하다는 것을 알아주기를 바래. 그 사람들은 실은 위선자들보다 더 교만하고 더 가엾어.

하필 주인공의 이름이 내 이름과 같아서, 수녀님이 나한테 직접 말하는 것 같아 얼마나 뜨끔했는지 모른다. 위악적으로 굴면서 위선자들보다 내가 낫다 생각했고, 이렇게 위악을 떨지만 '나는 실은 바탕은 선해'라고 생각하고 있었다는 걸, 모니카 수녀님은 꿰뚫어 보셨다.

창가에서 손을 잡아주려고 했던 교회 친구는 언젠가 나에게 "너는 속으로는 그렇게 생각하지 않으면서 겉으로 일부러 더 못되게 굴 때가 있잖아"라고 한 적이 있다. 내 마음을 읽는 그 친구에게 놀라고 있는데 뒤이어 "일부러 그렇게 행동할 필요 없어. 오래 보는 친구들이나 알지 너를 처음 보는 사람은 그걸로 네 첫인상을 새길 것이고, 그건 너에게 좋을 게 없어"라고 충고했다. 나는 충고를 하는 것도 받는 것도 달갑지 않지만, 그 친구의 충고는 고맙게 받아들였다. 진심에서 우러나는 충고는 언제나 받아들일 만하다. 칭찬에 고맙다는 대답을 하게 된 건 그 친구의 충고를 듣고부터였던 것 같다.

모니카 수녀님과 친구의 충고로 위선과 위악의 문제를 정리했다 생각했던 나는 아프리카 여행기 《하쿠나 마타타, 우리같이 춤출래?》를 읽다가 다시 위선의 문제에 맞닥뜨리게 되었다.

《바람이 우리를 데려다주겠지》라는 터키 여행기를 통해 알게 된 오소희 작가는 여행기를 소설이나 드라마처럼 쓴다. 그래서 어떤 장면들은 책을 덮고 나서도 눈앞에 선하게 펼쳐지고, 어떤 장면들은 드라마의 클라이맥스처럼 오래 기억에 남아 가슴을 아프게 한다. 그녀는 아들 중빈과 함께 여행하는데, 터키 갈 때만 해도 어려서 엄마 속을 무던히 썩이던 중빈은 그 사이 자라서 아프리카를 여행할 때는 엄마의 든든한 길동무가 된다.

그녀는 아프리카에 도착할 때만 해도 자신이 선의를 가진 양심적인 사람이라고 확신하고 있었다. 나처럼.

당신과 나, 범속한 우리는 흔히 그의 서랍처럼 '전시하는' 양심을 안고 살아간다. 타인에게 쉽게 꺼내서 보여줄 수는 있지만, 그 서랍에 보관하기 전 이미 보여줘도 좋을 만큼 자신에게 유리하게 편집된 이야기를 만들어둔다.

아프리카의 자연에 감탄하면서도 아프리카 원주민들의 무절제와 무지를 비난하는 서구 여행객에게 그녀는 "이곳이 아름답다면,

당신은 그 바보 같은 아프리카 사람들에게 한 번쯤은 고마워해야 한다"고 충고하며 자신의 양심을 확인하고, 중빈과 함께 자선을 베풀기 위해 고아원을 찾는다. 하지만 고아원을 운영하는 사람들이 원하는 건 자선이 아니고 돈이었다. 조금 마음이 상했지만 빠듯한 여행비 중 얼마를 떼어내 자선 활동 대신 닭 여섯 마리를 사주기로 한다. 그런데 아이들은 그 닭이 자신들에게 오지 않고 원장의 배를 불려줄 것이라고 일러바친다. 그녀는 원장에게 따지며 정의를 요구하지만, 원장은 이것이 아동학대도 착취도 아니며 우리도 그렇게 컸다고 응수한다. 결국 믿었던 아이들에게까지 배신당한 뒤 그녀는 자기 방으로 돌아와 참았던 눈물을 흘린다.

내가 거짓을 말하지 않고 도덕과 인내의 시험에서 항상 승리했다면, 그것은 내가 도덕적이거나 인내심 있는 사람이었기 때문이 아니다. 다만 운 좋게도 거짓을 말하기 전, 도덕과 인내가 한계에 다다르기 전, 구원받고 또 구원받는 삶이었기 때문이었다. 나는 그런 세상에서 태어나 그런 보호를 받으며 살아온 것뿐이었다.

나는 이 구절을 읽으며 얼마나 아팠던가. 내가 양심적이고 도덕적이라 자부했던 건 내가 특별히 양심적인 사람이어서가 아니라 한계를 시험받지 않는 환경에 살았기 때문이라는 걸 알게 되었다.

나는 위선이 위악보다 낫다는 데 겨우 동의했지만, 선의 안에 내가 양심적이고 도덕적이라는 우월감을 감추고 있었던 것이다. 내 양심과 도덕이 얼마나 알량한 것인지 이 여행기는 적나라하게 보여주었다.

사실 난 아프리카까지 가지 않아도 자주 시험에 들고 있다. 나의 선의 안에 알량한 허영심이 있다는 사실을 매번 확인시켜주는 후배가 있기 때문이다. 기분 좋아서 쏜다는 사람에게 차액을 지불하며 자기 취향에 맞는 메뉴를 요구하거나, 안 먹는다 해놓고 내가 쏜다고 하면 언제 그랬냐는 듯 슬쩍 엉덩이를 걸치는 그녀 덕분에 나는 매번 시험받는 느낌이다. 언제나 재고, 따지고, 생색내는 그녀에게 혈압이 솟구칠 때마다 나는 이를 꽁 물고 다짐한다.

"나는 아프리카에 가지 않아도 이렇게 선의를 시험하는 리트머스지가 옆에 있으니 축복받은 사람이다. 화내지 말자. 이번에 웃으며 사주고, 다시는 안 사주면 된다"고.

안정이 되면 언젠가는

　나는 내 마음이 내 뜻대로 되지 않아 심리학 책을 자주 뒤적였다. 소설가 김형경도 그랬다. 그녀는 1년여 동안 정신상담을 받은 경험을 바탕으로 소설을 썼고, 그 과정에서 많은 책을 읽고 연구해 아마추어 정신분석가 정도의 실력을 갖추었다.

　그런 그녀의 심리학적 지식이 집대성된 책이 《사람풍경》이다. 만약 심리학 서적을 한 권도 읽지 않은 누군가가 나에게 심리학 책 한 권만 추천해달라고 한다면 나는 주저없이 《사람 풍경》을 추천할 것이다. 그 이유는 정신과 전문의 정혜신의 추천사와 같다.

　내가 가장 자주 받는 질문 중 하나는 '사람의 마음을 보다 쉽게 이해할 수 있는' 그런 용도의 책을 추천해달라는 것이다. 그런 부탁을 받을 때마다 나는 난감하고 곤혹스럽다. 다루고 있는 내용의 정확성이나 깊이를 따지기에 앞서 글쓴이조차도 완전히 이해하지 못한 듯한 문장으로 쓰인 글들을 추천해줄 수는 없는 노릇이기 때문이다. 그런 점에서 내가 가진 고질적인 고민 하나를 시원하게 해결해준 김형경의 《사람풍경》은 유익하고 재미있으면서도 기품이 있다. '그 눈빛에 고스란히 감응했던 나의 내면'이나 '상상만으로도 발바닥이 간질거릴 만큼 재미있었다'라는 표현을 어느 정신분석 관련 서적에서 볼 수 있겠는가. 더구나 비전공자라는 콤플렉스(?)를 최대한 활용하여 정신분석이라는 학문을 치열하게 파고든 김형경의 객관적인 시점은 신뢰할 만하다.

나는 이 책 말고도 많은 심리학 서적을 읽었지만, 누군가에게 사람 심리에 관한 이야기를 할 때는 항상 이 책에 있는 말을 인용한다. 책 속 문구들이 인상적인 데다 이해하기도 쉽기 때문이다.

나는 이 책에 소개된 여러 트라우마 중 '회피'와 '불안'에 공감한다.

나는 늘 "생이 안정되면……"이라고 꿈꾸어왔다. 생이 안정되면 그것을 베이스 캠프 삼아 멀리 여행을 떠나고, 한두 해쯤 노동 없는 무위한 나날을 보내면서 다급하게 살아온 자신에게 긴 휴가를 주리라 마음먹고 있었다. 빡빡한 노동의 나날 속에서 그런 꿈을 꿀 때 삶이 안정된다는 뜻은 전세 계약 기간에 따라 바뀌지 않는 주소, 노동 없이도 한두 해쯤 편안하게 지낼 수 있는 은행 잔고, 삶의 조타륜을 명백히 내 손안에 쥐고 있다는 확신 등이었다. 그러나 바로 그 꿈과 비슷한 조건에 다가갔음에도 마음속에는 그토록 꿈꾸어온 '안정'이 오지 않았다.

뉴욕 여행을 가기 전 나의 생활은 안정적이지 못했다. 프리랜서로 독립하여 1년이 넘는 동안 벌어놓은 돈이라고는 두 달 월급이 전부였고 봄, 여름을 다 바쳐 쓴 원고는 출판사를 찾지 못해 표류하고 있었다. 매달 들어오던 월급이 끊기고 두 달 동안 번 것으로 까먹고 있으니 통장 잔고는 간당간당해서 뉴욕 여행을 다녀오면 그야말로 빈털터리가 되게 생겼다. 친구들과는 이미 몇 년 전부터 여행을 가기로 약속해놓은 터라 발 빼기 힘들었지만 현실적인 여건을 보자면 번복하고 가지 말아야 했다.

그러나 나는 용감하게 뉴욕으로 떠났다. 비행기에 오를 때만 하더라도 다녀와서 어떡하나 근심했지만 일상을 떠나 완전히 다른 곳을 헤매고 다니며 다른 경험을 하다 보니 어느새 "그래, 사는 거 뭐 있어? 돈이 없으면 벌면 되는 거고, 책 못 내게 되면 다른 책 쓰면 되는 거지. 내일 일을 미리 걱정할 필요 없잖아? 어떻게든 되겠지" 하는 생각이 들었다.

그렇게 도통한 도사마냥 마음을 비우고 돌아왔더니 믿기지 않게도 출판사와 연결이 되었고, 통장 잔고가 0을 찍기 전에 매달 고정급이 들어오는 아르바이트를 하게 되었다.

누군 운이 좋아서 그런 거라 하겠지만 내 생각엔 마음을 비운 게 주효했던 것 같다. 나는 뉴욕 여행 이후로 안달복달하지 않게 되었다. 그즈음 읽었던 책이 《사람풍경》이다.

김형경은 말한다. 생은 원래 불안한 거라고.

생이란 본디부터 그렇게 유동적이고 불안정하고 소란스럽고 깨어지기 쉬운 것이라는 것을. 본래 그런 삶을 유독 불안정하게 느꼈던 것은 내면의 불안감 때문이었으며, 그것 때문에 정상적인 삶조차 불안하게 받아들였다는 것을.
내면의 불안감을 인식하고 수용하자 오히려 불안정하다고 느껴온 삶의 조건들을 파도타기 하듯 누릴 수 있을 것 같았다. 삶의 안정을 꿈꾸는 대신 어떻게 파도타기의 중심을 잘 잡을 것인가에 대해 생각해야 한다는 것도 알았다.

내가 '안정'이라고 생각했던 생은 일종의 신기루이며 살아생전에 도달할 수 없는 것이었다. 주변 사람들을 관찰해보니 안정적으로 보이는 다른 사람들도 나와 마찬가지로 불안한 삶을 살아가고 있었다.

사실 굶을 정도로 일이 안 들어왔던 적은 없다. 언제나 통장잔고를 들여다보며 전전긍긍했지만 잔고가 마이너스로 떨어져본 적도 없다. 그저 일어나지도 않은 일을 걱정하며 마음이 불안했던 것인데, 편하게 마음먹고 나자 프리랜서 생활이 나아졌다. 일이 많아 힘들 때는 늘어가는 통장 잔고를 생각하며 웃었고, 일이 떨어졌을 때는 시간이 많으니 어디로 놀러갈까 궁리했다. 나는 앞서 걱정하지 않기로 했다. 그러자 삶이 행복해졌다.

불안은 이렇게 해결했으나 방어의식은 좀처럼 해결되지 않는다. 이 책에 따르면 방어의식을 심리학적 용어로 '회피'라고 한다. 어떤 어려움도 피하지 않고 정면으로 돌파해온 내가 '회피'라니 말도 안 된다고 생각했지만, 사랑에 대한 회피 방어기제에 관한 구절을 읽고 나자 할 말이 없어졌다.

회피 방어의식을 알고 나자 내가 삶에 대해서뿐 아니라 사랑에 대해서도 회피 방어기제를 발동시켜왔음을 깨달았다. 오래도록 나는 "내게도 언젠가는 사랑이 나타나겠지" 생각하면서 사랑을 얻기 위한 어떤 행동도 취하지 않았다. 내가 이끌리는 대상 역시 적당한 '거리'가 확보된 사람들이었다. 지리적으로 먼 곳에 있어

내가 '안정'이라고 생각했던 생은 일종의 신기루이며
살아생전에 도달할 수 없는 것이었다.

자주 만날 수 없는 사람, 사회적으로 결합이 불가능한 차이를 가지고 있는 사람, 상대방을 전적으로 떠안거나 전면적인 관계를 맺지 않아도 되는 사람에게 더 마음이 끌렸다.

사랑으로 진입한 후에는 마음속에서 과도한 집착과 다음 순간의 냉담함이 반복적으로 경험되었다. 그것이 모두 사랑을 두려워하며 대상으로부터 도망치려고 하는 자의 마음이었음을 그제야 알았다. 사랑에서도 삶에서도 늘 적당한 거리를 둔 채 진정한 삶으로부터 이만큼 떨어져 있었던 셈이다. 언젠가는 본격적으로 제대로 된 삶을 살 것이라 기대하면서.

김형경의 사랑은 내가 했던 사랑과 쌍둥이처럼 닮았다. 나는 적당한 거리가 확보된 사람들을 좋아했다. 상대방을 전적으로 떠안거나 전면적인 관계를 맺어야 하면 부담을 느꼈다. 사랑뿐 아니라 인생의 많은 국면에서 그랬다. 그러면서도 내가 생을 정면 돌파하며 살아왔다고 착각한 것은, 피할 수 없는 일이 많아 어쩔 수 없이 해치우며 살아왔기 때문이다. 돌이켜보니 피하다 안 될 때 발을 담갔지, 내 쪽에서 적극적으로 문제를 껴안거나 문제에 풍덩 뛰어든 적은 없었던 것 같다.

사랑의 반대말이 증오나 분노가 아니라 '무관심'이듯, 생의 반대

말은 죽음이나 퇴행이 아니라 '방어의식'이 아닐까 싶다. 방어의
식은 사람을 영원히 자기 삶의 바깥에서 서성이게 만든다.

하지만 풍덩 뛰어드는 걸 두려워하는 내 천성이 책 한 권 읽었다
고 쉽사리 바뀌지 않을 것을 안다. 그래서 내가 글 쓰는 사람이 되
었는지도 모르겠다.

나는 힘든 일이 있을 때마다 '이건 내가 앞으로 글을 쓸 때 글감
으로 쓰라고 던져주시는 거야'라는 생각을 자주 했다. 이런 생각은
어려운 일을 만날 때 꽤 도움이 되었다. 그런데 이런 태도가 지속
되다 보면 어떤 일이 터졌을 때 내가 제3자로 빙의해 사건을 내려
다보는 일이 잦아진다. 이 사람은 이런 마음으로 저런 일을 저질렀
고, 저 사람은 요런 마음으로 그런 일을 했을 것이라고 추측한다.
내게 일어난 일인데도 나의 마음을 돌보는 게 아니라 사건과 동떨
어져 제3자의 입장으로 바라보는 것, 이것도 고도의 '회피 방어기
제'가 아니겠는가.

내가 이렇다는 것을 수긍하고 인정하면 좋으련만, 머리로는 내
가 방어적이라는 걸 알면서도 막상 누군가가 나에게 "무척 방어적
이네요"라고 하면 화가 난다. 물론《사람풍경》에는 그런 경우에 마
음을 가라앉혀주는 경구도 등장한다.

분노의 본질에 대해 간결하고 명쾌한 정의가 하나 있다.

"5분 이상 화가 난다면 그것은 나의 문제다."

왜 그렇게 확신이 없는데?

나는 오랫동안 내가 자신감 있고 명확한 사람이라고 여겨왔다. 입장을 명확하게 밝히지 않고 말끝을 흐리거나 일을 흐지부지하게 하는 사람들을 보면 답답했고, 자신의 잘못에 대해 구렁이 담 넘어가듯 은근슬쩍 넘어가는 사람들이 싫었다. 직장 생활을 할 때 고집을 부리다 피해를 본 적은 있어도 일하기 싫어 빼다거나 결정을 미루다 문제가 된 적은 없었기 때문에 스스로 책임감이 강하고 자신감이 있는 스타일이라고 여겼다.

그런 확신이 깨진 것은 어쩌다 하게 된 생애 첫 T.C(투어 컨덕터) 경험 덕분이다.

한창 여름 성수기에 사람을 구하지 못한 여행사에서 발을 동동 구르다 나에게까지 연락이 왔다. 13명의 여행객을 인천공항에서부터 우즈베키스탄의 타슈켄트 공항을 거쳐 터키 이스탄불 공항까지

인도해주면 아주 싼 가격에 터키 패키지 여행을 할 수 있게 해주겠다고 했다. 타슈켄트에 한 번도 가본 적 없었지만 비행기 환승이야 여러 번 해봤고, 별로 어려울 것도 없겠다 싶어 덥석 수락했다. 나는 여행객들을 잘 인도해 사고 없이 이스탄불 공항까지만 데려가면 내 임무는 끝난 거라고 생각했다.

하지만 여행객들의 생각은 달랐다. 그들은 나를 가이드라고 생각했고, 내가 그들을 이끌고 지휘해주길 바랐다. 나는 그 바람과 달리 여행객들을 자유롭게 풀어놓고, 그들 앞이 아닌 뒤에서 챙겼다. 그런 나의 행동이 그들 눈에는 아무것도 하지 않는 것처럼 보였던 것 같다. 여행이 끝날 무렵 여행객들 중 몇몇이 클레임을 걸었고, 나는 끝내 이스탄불 공항에서 여행객과 언성을 높이게 되었다.

나는 간섭하고 통제하는 가이드를 싫어했기 때문에 개개인에게 시간과 자유를 주었는데, 그들은 그런 내 행동을 무책임하다고 느꼈다. 나는 좋은 가이드란 엄마처럼 뒤에서 안 보이게 챙겨주는 사람이라고 생각했는데, 그들은 앞에서 카리스마 있게 지휘하기를 원했다.

이 경험을 통해 내가 자신감이라고 여겨왔던 것이 일반인들의 눈에는 다르게 보일지도 모른다는 걸 알게 됐다. 자유를 주고자 했다면 아무 일도 안 하는 것이 아니라 "나는 이렇게 생각하므로 자유방임 스타일로 가겠다"고 사람들을 설득했어야 했다. 그런 과정을 생략한 건 내가 하는 일에 옳다는 확신이 없었기 때문이 아닐까? 사람들 앞에 나서서 자기 주장을 내보이고 설득하는 걸 주저하는 사람이 과연 자신감이 있는 사람인가 생각해보면 아니라는 결론이 나왔다.

여기에 혼란을 더한 건 갑작스럽게 맡게 된 글쓰기 강의였다.
취직으로 강의를 그만두어야 했던 친구가 부탁해서 얼떨결에 문화센터 글쓰기 강의를 맡게 되었다. 사람들 앞에서 떠는 편도 아니고, 친구의 강의안도 있었기 때문에 문제될 건 없었다. 문제가 하나 있다면 내게 확신이 없다는 사실이었다. 나는 기본적으로 '글쓰기를 배운다'는 것에 회의적이다. 과연 글쓰기를 배운다고 글을 잘 쓰게 될까? 거기에 긍정적인 답변을 할 수가 없다. 그런데 강의라는 것은 확신에 차 있지 않으면 하기 힘든 일이다.

무엇보다 선생에게는 자신이 가르치는 것에 대한 확신이 필요하다. 이것은 매우 중요하며 따라서 너희들은 이것을 제대로 배우지 않으면 안 된다, 하는 식의 신념이 없다면 수업은 맥이 빠진다. 내겐 그런 믿음이 없었다. 과연 소설 쓰기라는 게 배워서 되는 것일까? 내가 가르치면 뭐가 좀 나아지는 것일까? 오히려 재능 있는 학생들을 망치는 것이 아닐까? 늘 이런 의심에 사로잡혀 있었던 것이다. 이런 의심을 떨쳐버리기 위해 나는 강의 시간이면 더 큰 목소리로, 더 신나게 떠들어댔다. 그러나 그럴수록 내 내면은 더 쪼그라들었다.

    소설가 김영하가 처음으로 자신의 속내를 드러낸 수필집 《네가 잃어버린 것을 기억하라》를 다시 읽다가 이 구절을 발견하고 마음 한편이 저릿했다.

    강의하는 게 재미없지는 않았다. 다양한 사람들을 만나고, 신선한 생각을 접할 때면 기운이 불끈 솟기도 했다. 글쓰기에 관심 있는 사람들이 수강생이었기 때문에 내 걱정은 기우였다. 다들 알아서 자신이 받아들일 것은 받아들이고, 아닌 것은 쳐내며 강의를 들었다. 돌이켜보면 '배운다고 글이 잘 써지나?' 하는 의문을 가지고 있는 나조차도 문화센터에서 배운 카피와 시나리오 덕분에 지금까지 열심히 밥벌이하며 글을 쓰고 있지 않은가.

    하지만 여전히 강의가 끝나면 내가 했던 말들을 곱씹으며 '과연 너는 네가 말한 대로 확신하니?'라는 의문을 가지고 컴퓨터 앞에 앉아 글을 썼다. 김영하는 몇 년을 그러다가 결국 사표를 내고, 하던 일을 싹 다 접고 시칠리아로 떠났지만, 그럴 주제도 못 되는 나는 강의 시간에는 확신을 주입하고, 내가 글을 쓸 때는 회의하면서 이쪽과 저쪽을 왔다 갔다 했다. 카프카가 그랬던가? 현실의 삶과

231

글 사이를 오가다 보면 분열이 생긴다고.

그러던 어느 날, 내게 시나리오를 가르친 김대우 감독님을 만나게 되었다. 그날 감독님이 무슨 이야기 끝에 이런 말을 했다.

"작가는 원래 확신이 없는 존재야. 내가 만약 널 보고 '유정이는 분명히 이런 이런 사람일 거야'라고 하잖아? 그렇게 확신하는 순간 작가로서의 생명은 끝이야. 작가는 '유정이는 도대체 어떤 사람일까?' 하고 계속 생각하는 사람이야."

그 이야기를 듣고 나서 느낀 안도감을 뭐라고 표현하면 좋을까? 뛰어가다 넘어져 울고 있는 다섯 살짜리 아이의 무릎에 누군가 옥도정기를 발라주고 "다섯 살 땐 원래 넘어지기도 하는 거야" 하면서 손을 내미는 것 같았다. 나는 더 이상 확신이 없는 것에 절망하지 않기로 했다. 작가는 당연히 그런 사람이니까.

김대우 감독님의 말을 듣고 확신이 없는 내 모습에 더 이상 실망하지 않기로 한 어느 날,《빅 픽처》의 작가 더글러스 케네디의 신작《모멘트》를 읽다가 이런 멋진 구절을 발견했다. 주인공 토마스가 아내 잔을 처음 만난 날, 두 사람 사이에 오갔던 대화다.

"좋은 책이었어."
"정말?"

"자긴 좋은 책이란 걸 몰랐어?"

"작가들은 아무것도 믿지 않아."

"왜 그렇게 확신이 없는데?"

"글쓰기란 게 원래 그래."

"내 직업은 달라. 확신이 없는 변호사는 신뢰를 얻을 수가 없지."

"사람 일이란 게 더러 확신할 수 없는 것들도 있잖아?"

"변호사는 법정에서만큼은 반드시 확신을 가져야 해. 상대에게 반론의 여지를 남기면 안 되니까. 하지만 생활에 대해서는 나 또한 확신이 없어."

"그 말을 들으니 기분이 좋아."

그러면서 나는 내 손을 잔의 손 위에 얹었다.

우리 사이가 급격히 발전한 건 바로 그 순간부터였다. 우리 둘 다 그때까지 올리고 있던 방어 자세를 풀고 서로에게 빠져들기로 마음먹었던 순간.

글을 썼다 지우고 썼다 지우면서 도대체 나는 왜 이렇게 어설플까 머리를 쥐어뜯던 나는 《모멘트》의 이 구절을 읽은 다음부터 '왜 그렇게 확신이 없는데?' 자문하고 '글쓰기란 게 원래 그래' 자답하며 히죽거렸다.

《모멘트》의 주인공은 토마스와 페트라이지만, 나는 저 사랑스러운 대화 때문에 토마스와 페트라의 첫 만남 대신 토마스와 잔의 첫 만남을 더 인상적으로 기억한다. 저런 대화를 나눌 수 있는 상대라면 나라도 기꺼이 사랑에 빠졌을 것이기에.

기억이 사라져도 존재하는 것들

나는 기억력이 좋은 편이라 흥미를 가진 분야는 특별히 노력하지 않아도 잘 기억했다. 영화를 만든 감독과 배우, 영화 제목은 읽기만 해도 머리에 입력되었고, 지나가다 얼핏 본 신문 기사라든가 누군가에게 들은 우스갯소리 같은 것들도 머릿속 창고에 저장되어 있다 필요할 때마다 적재적소에서 튀어나왔다. 입출력이 정확했다. 그때는 그게 축복인지도 몰랐다. 남들도 다 나만큼은 기억력이 있는 줄 알았다.

그러나 요즘의 나는 간단한 영화평 하나를 쓰는 데도 한 시간 이상 걸린다. 그중 절반이 검색에 쏟는 시간이다. 영화배우 이름이나 영화 제목 같은 고유명사가 도통 기억나지 않는다.

"아, 그 배우 있잖아. 머리 허옇고, 그 영화에 나왔는데. 그……
왜…… 미국 영화……."

이런 식이다. 배우 이름은 고사하고 그 배우가 출연했던 영화 제목조차 기억나질 않으니 사람 이름 하나 찾는데 검색창에 온갖 것들을 다 쳐 넣고, 어떤 때는 검색하다 딴 길로 빠져 뉴스 사이트에서 큭큭대다 컴퓨터를 끄고 난 뒤에야 내가 뭣 때문에 검색사이트에 들어갔는지를 기억해내기도 한다.

영화 제목이나 사람 이름은, 그래, 잊어버릴 수도 있다 치자. 고유명사는 학습해야 하는 것들이니까. 하지만 몇 년 동안 같이 일했던 사람 얼굴을 잊어버린 적도 있다.

도서관에서 누군가 반갑게 인사를 하는데, 생전 처음 보는 사람이다. 멀뚱하게 서 있으려니 상대방이 자기소개를 했다. 어느 회사에서 나와 함께 일했다고 한다. 이런 일도 했고, 저런 일도 했단다. 회사도 기억나고, 이런 일도 기억나고, 저런 일도 기억나지만 이 사람 얼굴은 처음 본다. 5분 이상 이야기를 하고 명함까지 주고받고 헤어졌는데, 나는 결국 그 사람을 기억해내지 못했다.

내 기억력이 기억상실 수준으로 가고 있다는 걸 느꼈던 때는 집 앞에서 현관 비밀번호가 생각나지 않았을 때였다. 하루에도 몇 번씩 들락거리며 눌렀던 번호가 어느 날 오후에 갑자기 새하얗게 휘발되었다. 머리로 숫자를 떠올릴 수는 없어도 손가락은 항상 하던 대로 숫자판의 위치를 기억하고 있을 줄 알았는데, 아니었다. 엉뚱한 번호를 몇 번 누르고 경고음이 울리고 나서야 나는 동거인 언니에게 전화를 해서 비밀번호를 물었다. 그때 언니가 "너 왜 그래? 무섭게……"라고 했다. 나도 그런 내가 무서웠다.

어릴 때 어른들이 했던 이야기 또 하고, 만날 때마다 "네가 올해 몇 살이더라?" 할 때는 도대체 왜 저럴까 했는데, 그게 기억력이 쇠퇴해서라는 걸 이제야 알게 되었다.

기억력이 기하급수적으로 줄어들다 보니 근본적인 질문에 부딪히게 되었다. '기억이 없다면 내가 했던 일과 겪었던 경험과 느꼈던 감정들이 다 무슨 소용이 있는가?' 하는 질문.

도서관에서 처음 보는 책을 빌려와서 끝까지 읽고 블로그에 리뷰 올리려고 봤더니 예전에 읽고 리뷰 써놓은 책이었다는 사실을 알게 되어 아연실색했던 적도 있다. 몇 페이지를 다시 읽었다면 몰라도 한 권을 끝까지 다 읽을 동안 몰랐다니 기가 막혔다. 연말에 1년 동안 읽은 책 목록을 정리하느라 들여다보면 꼭 4~5권 정도는 "도대체 이게 무슨 책이더라?" 하는 책이 생긴다. 제목만으로는 어떤 장르의 책이었는지조차 기억나지 않는다. 영화는 한두 시간 만에 보는 거니까 그럴 수 있다 치지만, 며칠씩 끙끙대며 읽은 책을 잊어버리다니!

이럴 때마다 내가 책을 읽는 게 무슨 소용이 있을까 싶다. 내가 읽은 책의 내용이 머릿속에 하나도 남아 있지 않다면 독서라는 행위는 나에게 과연 어떤 의미가 있는가?

독서뿐만이 아니다. 세상의 어떤 것도, 이를테면 경험도, 학식도, 관계도, 사랑도 만약 그것이 내 기억 속에 없다면 어떤 의미가 있는 가? 기억이 없다면 이 모든 것은 낭비가 아닌가?

《박사가 사랑한 수식》에는 교통사고로 뇌를 다쳐 기억력이 80분 밖에 지속되지 않는 수학 박사가 나온다. 그에게는 1년 동안 자기 집에서 밥을 하고 청소를 하고 빨래를 해준 파출부가 오늘 아침 출 근하면 여전히 낯선 사람이다. 자신이 밥을 먹었는지 안 먹었는지 알 수 없고, 내일 만나자는 약속도 할 수 없다. 몇십 년 전 은퇴한 야구선수를 아직도 야구장에서 찾는다. 그의 기억은 마흔일곱 살 에 멈춰 있다.

이 소설은 박사의 집에 파출부로 출퇴근하는 주인공과 그녀의 아들 루트(머리 꼭대기가 수학의 루트 기호처럼 평평하다고 해서 박사가 붙인 별명)가 박사와 숫자를 매개로 교감하는 이야기다. 수학을 싫 어하는 나에게 이토록 정갈하고 질서정연한 수의 세계가 있다는 걸 알려준 책이면서, 동시에 기억이 없다면 내가 하는 이 모든 일에 무슨 의미가 있는가 하는 의문에 따뜻한 답을 준 책이다.

80분의 기억조차 사라져 드디어 박사가 시설로 보내지는 날, 파 출부가 마지막 인사를 하러 오자 박사의 유일한 보호자인 형수는 이렇게 이야기한다.

"도련님은 평생 당신을 기억하지 못해요. 하지만 나는 평생 잊지 못하죠."

　박사와 파출부가 친하게 지내자 마뜩찮았던 형수는 '내가 이 남자의 유일한 사랑이다'라고 선언함으로써 파출부에게 상처를 주고 싶어한다. 몇 년 동안 매일 아침 인사하고, 그의 밥을 해주고, 그의 방을 청소하고, 야구와 수학을 매개로 맺어온 그 평온하고도 아름다운 시간이 박사에게는 아무 의미가 없다는 형수의 말은 사실일까?

　형수에게 그런 말을 듣고도 파출부와 루트는 박사를 지속적으로 찾아갔다. 루트가 야구선수가 될 때까지. 일주일에 한두 번 공을 주고받기도 하고, 이야기도 나누면서.

　박사는 선물을 주는 데는 서툴러도 받는 데는 놀랍도록 멋진 재능을 가진 사람이었다. 우리는 루트가 에나쓰의 카드를 건넸을 때의 박사의 표정을 평생 잊지 못할 것이다. 카드를 입수하기 위해 우리가 쏟은 하찮은 노력에 비해 그가 보여준 감사의 마음은 뭐라 표현할 수 없을 정도였다. 그의 마음속에는 늘, 나는 이렇게 보잘 것 없는 존재인데…… 하는 겸손이 흐르고 있었다. 숫자 앞에서 무릎을 꿇을 때처럼, 나와 루트 앞에 무릎을 꿇고 고개를 숙이고, 두 눈을 꼭 감고 두 손을 모았다. 우리 둘은 우리가 선물한 것 이상을 받은 것이다.

비록 박사에게는 그 기억이 남아 있지 않아도 이미 루트와 가정부는 박사에게 받은 것이 많다. 그러면 루트가 기억이 없어지면, 가정부가 기억이 없어지면 그 관계는 아무것도 아닌 게 되나? 아니다. 그들이 누렸던 시간 자체가 남아 있다. 그건 없어지는 게 아니다. 그들이 나누었던 온기와 위로와 그 담백한 성정과 사람에 대한 따뜻함은 없어지지 않는다. 그런 게 생을 이룬다.

사실은 기억에 앞서 존재한다. 기억이 없다 해도 그 시간만은 진실이라고 이 책은 조용하게 말해준다. 책의 마지막 장을 덮으면서 나는 먹먹해졌다. 이 책에는 "한동안 다른 책을 읽고 싶지 않다"는 카피가 붙어 있는데, 공감 가는 말이었다.

나는 이번 책을 쓰면서 불과 3년 전에 내가 썼던 책의 내용조차 가물가물해서 놀랐다. 이번 책에 소개하는 책을 지난 책에 썼는지 안 썼는지 기억나지 않아 원고를 쓸 때마다 첫 책을 들추는데, 그때마다 놀란다.

"엇, 내가 이런 책을 소개하기도 했네."

"헉, 내가 이런 책을 읽기도 했네!"

사실은 기억에 앞서 존재한다.
기억이 없다 해도 그 시간만은 진실이다.

그렇다 보니 내가 3년 전에 썼던 저 말들이 과연 의미가 있나, 내가 독자를 향해 한 말에 책임을 질 수 있나 자문해보게 되었다. 고작 3년 만에 잊어버릴 말들을 출판하다니, 이래도 되는 건가? 그런 생각으로 우울할 때 《박사가 사랑한 수식》은 내 기억과 상관없이 내가 쓴 글들은 그때 가장 필요한 사람들의 마음에 가닿았을 거라고, 그러니 기억이 없는 것에 대해 너무 걱정하지 말라고 어루만져주었다. 그래서 나는 용기를 내 비록 몇 년 뒤에 후회할지라도 이렇게 글을 쓰고 있다. 바로 지금, 내가 이 글을 쓴다는 사실은 남아 있을 테니까. 이 시간들이 모여 미래의 나를 만들어낼 테니까. 기억이 사라져도 존재하는 것들이 있을 테니까.

지친 목요일,
속마음을 꺼내 읽다

본문에 인용된 책들

《1인용 식탁》, 윤고은 지음, 문학과지성사

《이별에도 예의가 필요하다》, 김선주 지음, 한겨레출판

《다시, 나이듦에 대하여》, 박혜란 지음, 웅진지식하우스

《다이어터》, 네온비 지음, 캐러멜 그림, 중앙북스

《침이 고인다》, 김애란 지음, 문학과지성사

《엘리베이터에 낀 그 남자는 어떻게 되었나》, 김영하 지음, 문학과지성사

《독사를 죽였어야 했는데》, 야샤르 케말 지음, 오은경 옮김, 문학과지성사

《론리 하트》, 조민희 지음, 생각의나무

《내가 버린 여자》, 엔도 슈사쿠 지음, 이평춘 옮김, 어문학사

《나는 아내와의 결혼을 후회한다》, 김정운 지음, 쌤앤파커스

《아르헨티나 할머니》, 요시모토 바나나 지음, 김난주 옮김, 민음사

《남자는 떠나도 일본어는 남는다》, 조정순 지음, 에디션더블유

《그리스인 조르바》, 니코스 카잔차키스 지음, 박석일 옮김, 동서문화사

《무서록》, 이태준 지음, 범우사

《아빠가 결혼했다》, 마리나 레비츠카 지음, 노진선 옮김, 을유문화사

《진심의 탐닉》, 김혜리 지음, 씨네21북스

《위풍당당 개청춘》, 유재인 지음, 이순

《악마는 프라다를 입는다》, 로렌 와이스버거 지음, 서남희 옮김, 문학동네

《언더커버 리포트》, 귄터 발라프 지음, 황현숙 옮김, 프로네시스

《4천원 인생》, 안수찬 외 지음, 한겨레출판

《청춘의 문장들》, 김연수 지음, 마음산책

《랄랄라 하우스》, 김영하 지음, 마음산책

《아웃라이어》, 말콤 글래드웰 지음, 노정태 옮김, 김영사

《건투를 빈다》, 김어준 지음, 푸른숲

《라디오 지옥》, 윤성현 지음, 바다봄

《줄리&줄리아》, 줄리 파월 지음, 이순영 옮김, 바오밥

《우리가 보낸 순간 : 소설》, 김연수 지음, 마음산책

《밤의 거미원숭이》, 무라카미 하루키 지음, 김춘미 옮김, 문학사상사

《위험한 독서》, 김경욱 지음, 문학동네

《우리들의 행복한 시간》, 공지영 지음, 오픈하우스

《하쿠나 마타타 우리 같이 춤출래?》, 오소희 지음, 북하우스

《사람풍경》, 김형경 지음, 예담

《네가 잃어버린 것을 기억하라》, 김영하 지음, 랜덤하우스코리아

《모멘트》, 더글라스 케네디 지음, 조동섭 옮김, 밝은세상

《박사가 사랑한 수식》, 오가와 요코 지음, 김난주 옮김, 이레

지친 목요일, 속마음을 꺼내 읽다

초판 1쇄 발행 2012년 5월 10일
초판 1쇄 발행 2012년 10월 25일

지은이 이유정
펴낸이 이지은   **펴낸곳** 팜파스
기획 · 편집 김민정   **디자인** 최설란   **사진** 엔양   **마케팅** 정우룡
인쇄 (주)미광원색사

출판등록 2002년 12월 30일 제10-2536호
주소 서울시 마포구 서교동 404-26 팜파스빌딩 2층
대표전화 02-335-3681 **팩스** 02-335-3743
홈페이지 www.pampasbook.com | blog.naver.com/pampasbook
이메일 pampas@pampasbook.com

값 13,000원
ISBN 978-89-93195-78-1 (13810)